CB064354

Coleção
Jovem Leitor

# RACHEL DE QUEIROZ

## CONVERSA DE PASSARINHO E OUTRAS HISTÓRIAS

ORGANIZAÇÃO **JANAÍNA SENNA**
APRESENTAÇÃO **SÍLVIA BARROS**

Editora
Nova
Fronteira

Copyright © 2024 by herdeiros de Rachel de Queiroz

Direitos de edição da obra em língua portuguesa no Brasil adquiridos pela Editora Nova Fronteira Participações S.A. Todos os direitos reservados. Nenhuma parte desta obra pode ser apropriada e estocada em sistema de banco de dados ou processo similar, em qualquer forma ou meio, seja eletrônico, de fotocópia, gravação etc., sem a permissão do detentor do copirraite.

Editora Nova Fronteira Participações S.A.
Av. Rio Branco, 115 – Salas 1201 a 1205 – Centro – 20040-004
Rio de Janeiro – RJ – Brasil
Tel.: (21) 3882-8200

Ilustração de capa: Zé Otavio.

Dados Internacionais de Catalogação na Publicação (CIP)

Q3c  Queiroz, Rachel de, 1910-2003
Conversa de passarinho e outras histórias/ Rachel de Queiroz; organização por Janaína Senna; apresentação por Sílvia Barros; cronologia por Cláudio Neves. – 1. ed. – Rio de Janeiro: Nova Fronteira, 2025.
120 p.; 13,5 x 20,8cm; (Coleção Jovem Leitor)

ISBN: 978-65-5640-762-3

1. Literatura brasileira. I. Título.
CDD: 869.2
CDU: 82-2 (81)

André Felipe de Moraes Queiroz – Bibliotecário – CRB-4/2242

Conheça outros livros da editora:

# Sumário

Apresentação ............................................................. 7

Eu nunca vi Lisboa .................................................. 11
O Grande Kamarazalman ...................................... 15
Crônica n.º 1 ............................................................. 19
"As cartas não mentem jamais" ............................. 23
Caso clínico .............................................................. 27
Drama de telefone ................................................... 31
Por falar em bombeiro ............................................ 35
Até as pedras conhecem ......................................... 39
Noel ........................................................................... 43
Não escrevam ........................................................... 47
Peço uma saudade ................................................... 51
Confissão do engolidor de espadas ....................... 55
Desvio de vocação ................................................... 59
Mal haver por bem dizer ........................................ 63
Antiquários .............................................................. 67
Casamento na rua Dezoito ..................................... 73
Um primo e um livro .............................................. 77
Chuva ........................................................................ 81
Passarinho cantador ................................................ 85
Pavão real ................................................................. 89
O piano de cauda .................................................... 91
Conversa de passarinho .......................................... 95
Um ano de menos .................................................... 99
Trânsito ................................................................... 103
Novo & velho .......................................................... 107

Cronologia de Rachel de Queiroz ........................ 111

# Apresentação

Sílvia Barros
*Professora, pesquisadora e escritora*

Tornar literário o cotidiano; trabalhar com a linguagem a realidade política; analisar de forma lírica a sociedade e suas transformações, tudo isso é possível na crônica. Esse gênero, por vezes considerado menor, aproxima a literatura do jornalismo — uma vez que nasce nas páginas dos jornais — e cria uma relação de maior intimidade entre autoras/autores e leitoras/ leitores.

No Brasil, numa tradição que remonta ao século XIX, autores consagrados na literatura ganharam espaço em periódicos de grande circulação para a publicação de crônicas. A cearense Rachel de Queiroz, autora das crônicas desta coletânea, faz parte desse seleto grupo que entrelaça jornalismo e literatura, dois ofícios por vezes desvalorizados em nossa sociedade, mas que se tornam assunto para a própria crônica, como em "Drama de telefone". Na saga de conseguir uma linha telefônica para sua casa — algo inimaginável nos dias atuais em que a maioria das pessoas possui um telefone celular —, a autora reflete, de forma irônica, sobre o trabalho independente de jornalista:

> Bem feito. Isso é o que a gente ganha com a mania de ser jornalista independente, palmatória do mundo, eterna aliada das minorias. Fica-se nesse desamparo. Imaginem se eu fosse empregada; como me haveria de arranjar para obter promoção, aumento, ou empréstimo na Caixa Econômica? Felizmente que a falta de um pistolão não me deixou sequer adquirir um emprego...

A metalinguagem (quando se aborda no texto o próprio ato de escrever) faz parte da tradição da crônica brasileira e não está de fora desta coletânea. Os textos "Não escrevam" e "Confissões do engolidor de espadas" apresentam os conselhos da autora àqueles que desejam se tornar escritores. Rachel de Queiroz define, assim, o que é escrever:

> Escrever nada tem de belo, de sublime ou patético. Como disse antes, é apenas sórdido. Um esforço penoso, tateante, um andar de caranguejo aos recuos e aos tombos, aos impulsos que se detêm inacabados, e aquela insatisfação com gosto de cinza, aquele desgosto de incapacidade e de impotência, e no fim aquela vergonha do próprio impudor, que nos desnuda em público.

Nesse texto, a escritora se dirige principalmente às mulheres que querem estar na mesma posição que ela, a de escritora publicada. É importante notar que Rachel de Queiroz apresenta uma perspectiva um tanto conservadora em relação aos papéis de gênero, ideias hoje questionadas ou até mesmo ultrapassadas. Porém a própria escritora é um exemplo de quebra desses estereótipos. Com apenas vinte anos publicou o romance *O quinze* (1930), obra que se tornou um clássico na nossa literatura juntamente com *As três Marias* (1939) e *Memorial de Maria Moura* (1992) entre tantas outras obras de sua autoria. Rachel foi a primeira mulher a ser eleita imortal da Academia Brasileira de Letras e a primeira mulher a receber o prestigioso Prêmio Camões.

Nesse sentido, há muito material para discussões nas crônicas e aí também está um papel importante desse gênero literário: levar a público a perspectiva do autor ou autora e fomentar o debate. Tanto é assim que a discussão sobre escrever ou não escrever volta em "Confissões do engolidor de espada" como resposta à polêmica criada após a publicação de "Não escrevam". Leitores enviaram cartas, aspirantes a escritores apresentaram outros pontos de vista e provocaram a reflexão da escritora sobre o assunto.

Além da análise crítica do próprio ofício de escritora, estão aqui nesta seleção de crônicas, dentre as diversas publicadas por Rachel de Queiroz ao longo de trinta anos na revista *O Cruzeiro* e no jornal *O Estado de S. Paulo*, a observação do prosaico nas idas à feira livre, a contação de histórias peculiares e até mesmo engraçadas, as memórias e as impressões sobre o Rio de Janeiro, cidade para onde se mudou em 1939, comparando-a com outras cidades pelas quais passou. Além do Rio de Janeiro, Fortaleza aparece como uma cidade não só mencionada, mas protagonista na crônica "Peço uma saudade", na qual a cronista faz a crítica ao desenvolvimento urbano que dará origem à praia de Iracema:

> Aos poucos, a Fortaleza antiquada, que até então para o mar só dava os seus despejos e os seus fundos de quintal, resolveu ter um bairro balneário, e foi se interessando pela velha praia do Peixe. Mas interesse de burguês senhorio de casas é antes para o mal que para o bem.

Muitas vezes a modéstia da crônica se encontra nesse tom de simplicidade pelo tema prosaico. Mas não se engane, uma crônica sobre as chuvas no Rio de Janeiro pode oferecer um mergulho nas memórias infantis das desejadas chuvas no Ceará, de devaneios e molecagens.

O livro se inicia com uma saudação ao leitor: "Tanto neste nosso jogo de ler e escrever, *leitor amigo*, como em qualquer outro jogo, o melhor é sempre obedecer às regras", e daí por diante a autora se apresenta a esse leitor e se espanta com a grande audiência que passará a ter, afinal a quantidade de leitores de romances literários é infinitamente menor do que a quantidade de leitores de uma das maiores revistas do Brasil naquela época. O que a autora não poderia imaginar é que ela estaria se apresentando também para leitores e leitoras do século XXI, pessoas que, mesmo nesse distanciamento temporal, ainda querem conversar com ela, discordar, concordar, surpreender-se, emocionar-se. A beleza da crônica é ser um gênero de seu tempo e servir de fotografia desse tempo para que possamos abrir esse baú-livro e colocar frente a frente as realidades já vividas e aquelas que ainda temos a construir.

# Eu nunca vi Lisboa

"Eu nunca vi Lisboa e tenho pena", diz-se no "D. Jaime". Também o digo eu, com maior pena e maior verdade, porque aquilo que para o poeta era simples figura de verso para nós não é figura, é realidade.

Nunca vi Lisboa nem nunca vi as famosas areias de Portugal, faladas em outros versos — os da antiga balada da "Nau Catarineta". Este braço do Atlântico, que parecia tão fácil de transpor aos homens das caravelas, é hoje novamente o Mar Tenebroso para os desditosos civilizados que o dinheiro pouco e o passaporte difícil amarram à sua terra de nascimento.

Dito isto, vê-se que o segredo da minha alma é muito simples: nasci no país errado. Porque o país dos meus sonhos, a minha terra de eleição, a pátria perdida que nunca vi, é Portugal, amigos. Verdade que esse país dos meus sonhos e da minha eleição anda agora inabitável, à mercê de certas razões políticas que toda a gente conhece e que transformaram o idílico jardim da Europa à beira-mar plantado mais perigoso à vida e à felicidade humanas do que uma febre amarela endêmica.

E acontece que essa impossibilidade, tornando-o inacessível, torna-o também mais desejado, pois sejam quais forem os ventos da política, sejam quais forem os doutores que mandam em Lisboa, as aldeias serão sempre as mesmas, os mesmos a serra e o vale; e nem rei coroado, nem amo condecorado, a poder do que possam, terão força bastante para empeçonhar o sangue amorável que corre nas veias da gente de Portugal.

Ó velha alma portuguesa, como te compreendo e te amo! De português gosto de tudo — tudo —, do sotaque, dos pronomes certíssimos, da ternura, dos fados, do Vasco da Gama, seja o herói que venero ou o campeão pelo qual torço. E gosto mormente desse ar de raça velha, amadurecida, curtida pela vida — curtida por dois milênios de vida que a nossa improvisação de nascidos ontem não compreende nem respeita.

Dir-me-eis que não é vantagem amar Portugal a quem quase aprendeu a ler nas páginas de Garrett ou do Eça. Quem resistiria ao encanto desses mágicos? E eu vos direi que sim, que não é vantagem realmente, a vantagem pertence toda ao santo Portugal que ainda tem forças para engendrar Garretts e Eças.

Contudo, não é apenas um caso de inoculação literária a minha ternura por Portugal; é coisa mais específica, mais da massa do sangue, que sobe e desce nas veias, aparece em sonhos, toma forma de lembranças e saudades de coisas que nunca vi; de muito longe me vêm de herança, através da lembrança e da saudade do fero português Antônio Baltazar Pereira de Queiroz que há bem duzentos anos, quando os outros procuravam as riquezas das minas ou as terras férteis do sul, acomodou-se à aridez da caatinga do nordeste, casou com uma índia chamada Piaba e foi o tronco da minha gente.

E deixar-me dizer ainda que não sonho apenas com o pitoresco, sonho com tudo. Amo Portugal em bloco, com o seu lado positivo e o seu lado negativo, com que desespera os espíritos ambiciosos e o que faz a felicidade dos humildes. Não quero só a écloga de Júlio Diniz — embora queira muitíssimo a écloga de Júlio Diniz. Quero a alma e a carne de Portugal, no seu talento ou na sua rudeza; até quando são parvos, como eles dizem, pois, sob a capa grosseira do simples, escondem um resíduo de experiência tão precioso quanto as riquezas estratificadas da terra.

Do muito que viram, e lidaram, e velejaram por tudo quanto é mar de meu Deus, deixando o seu esforço e a sua semente nos quatro cantos da terra, ficou-lhes um tesouro de sabedoria que muito me recorda a falada sabedoria dos chineses com os quais, é bom lembrar, tiveram os portugueses tanto contato. Uma noção do valor e da permanência da vida que se alça acima das contingências e das misérias do momento, uma espécie de "alma grupo", prudente e eterna, da qual eles todos participam desde o nascimento, como se diz que todos participamos do pecado original.

Tomemos por exemplo um desses condutores de bonde da nossa cidade — tristes homens vítimas de uma das profissões mais ingratas que sei. Ganha mal, come mal, mora longe. Passa o dia e a noite fazendo ginástica entre os pingentes mal-humorados, cobrando o tostão da Light, "ao sol, à chuva, ao sereno", nos meios-dias de verão, nas madrugadas de inverno. Natural que fosse uma alma azeda, ríspida, farto do mundo e dos seus enganos, adversário natural do próximo que só lhe aparece sob a figura odiosa do passageiro. Enfim, devera ser o condutor de bonde a réplica eletrificada daquela feroz entidade filha da civilização do petróleo e que se chama trocador de ônibus. Mas no entanto — milagre da natureza humana — o português condutor de bonde é um ente fraternal, cheio de paciência para com os passageiros em geral. Cantarola o seu "faz favor" com a mesma cortês simpatia com que o seu irmão que ficou na terra saúda os conhecidos quando os encontra nas azinhagas da aldeia.

Nem o exílio, nem o mau clima, nem o desengano de encontrar na terra nova trabalho duro e pobreza extrema, em vez da fácil riqueza com que sonhara; nem a má comida, coisa que lhe fala tanto ao coração (como é bem que fale a todo homem de bom senso e noção de medida) — a falta do bom vinho, do bom azeite, da fartura rústica do toucinho e da couve —, nada disso lhe rouba à alma as suas virtudes essenciais.

O estúpido esnobismo americano de hoje em dia nos vai distanciando sempre mais do português, o que equivale a nos desprender da parte mais original e melhor de nós próprios. Acostumamo-nos a ter em relação a Portugal um sorriso de condescendência, e lhe atiramos em rosto esta crise de desgraça política que a nação portuguesa atravessa, como se o povo português fosse mais culpado do seu fascismo do que nós o éramos do nosso, como se o doente e não o micróbio tivesse a responsabilidade da peste. Há quem faça pouco de Portugal porque não tem submarinos nem arranha-céus. Há quem zombe de Portugal porque vive do passado — mas que dizer daqueles que, à falta de um passado heroico, sacam contra um futuro problemático?

Trocamos os vinhos ilustres pela Coca-Cola. E será que a barganha valeu a pena?

*(05-01-1945)*

# O Grande Kamarazalman

Quem lesse os anúncios, pensaria que o ilustre Houdini saíra da sepultura. Ou se encarnara de novo naquela trupe de mágicos O Grande Kamarazalman, como seu filho Mr. Harry (o mais jovem ilusionista do mundo) e as suas três secretárias. Mágica chinesa, prestidigitação de alta escola, "a caixa da morte" etc. etc., e "Farta Distribuição de Bombons à Criançada".

Os quadros de publicidade, à porta do cineminha suburbano, cheios de postais artísticos, com carimbos de fotógrafos da Avenida Passos e deitados em pregas de setineta amarela, desiludiriam um pouco o espectador, se o espectador não se aferrasse tanto às suas ilusões. Mr. Harry é um garoto magricela e melancólico, cabeça grande, boca descaída e um ar de calvície precoce. Uma das misses secretárias já é miss há muitíssimos anos, evidentemente. O retrato dela, drapejado em gazes e aljôfares, lhe atesta a idade pelo penteado, pela boca pintada em coração — traços que para nós, mulheres, são indiscutivelmente característicos de um período anterior à década de 1930.

Das outras duas misses, os retratos são coloridos e pior que péssimos: mais vale deixar para fazer juízo quando aparecerem em pessoa. O Grande Kamarazalman enche com o seu vulto todo o meio do quadro; mas não é um homem, é um amontoado de turbante, comendas e bigodes.

Acabou a fita em série, levantou-se o pano.

Bem me parecera que a 1.ª secretária era senhora provecta; agora que estão todos em cena, claramente se denunciam as suas relações de família: sem dúvida nenhuma a 1.ª secretária é a genitora de Mr. Harry e esposa do Grande Kamarazalman. Há muito que perdeu as graças e a cintura da mocidade, mas ficaram-lhe todos os cacoetes de *écuyère* — o esticar da perna, o andarzinho saltitante, os gestos em arabesco quando oferece um utensílio ao mágico ou quando ajuda a fritar o omelete no chapéu do espectador.

A beldade da trupe é Miss Butterfly; cara e corpo de princesa de serra-lhe, blusa de russa, *slacks* de cetim, sapatos de lamé. Acha decerto que ser bonita é ofício suficiente, pois nada faz além de ficar em pé e sorrir. Chega a parecer que faz questão formal de não se imiscuir nas magias da família. Com certeza lhe disseram que nasceu para funcionar nas apoteoses de revista da praça Tiradentes, sendo a deusa do alto da pirâmide. As outras duas que se afadiguem entregando objetos aos operadores, tampando e destampando latinhas, arrancando centenas de lencinhos de seda esgarçada de dentro dos aparelhos chineses.

O Grande Kamarazalman é outro que pouco trabalha. Abdicou em Mr. Harry que se desincumbe como pode do espinhoso encargo. O pai fica de lado, com as mãos metidas nas mangas amplas da túnica; tem qualquer coisa de real na postura e na imobilidade; mas, se lhe tirassem os panos e os galões dourados, ficaria no seu lugar um homenzinho magro, com ar de fome, ao qual faltam dois ou três dentes sob o bigode quando, numa sorte especial, se arrisca a sorrir.

Vejo agora que menti ao afirmar que Miss Butterfly não colabora em nada. Quando o Grande Kamarazalman anuncia em espanhol (idioma que, segundo um amigo meu, é a língua internacional de mágico), a *distribuição dos bombons*, Miss Butterfly se mexe, sentindo que lhe fica bem o papel de fada dadivosa. Tanto para a trupe como para a garotada é aquela distribuição a parte mais importante do espetáculo — tudo o mais não foram senão prelúdios.

Houve uma mágica com umas espécies de urnas fúnebres; vira, revira, o distinto público bem vê que não há "tapeaçon", vira outra vez, e jorram balas das urnas como de fontes. Aí Miss Butterfly pega num dos vasos, a 1.ª secretária pega no outro, e descem à direita e à esquerda da plateia, fazendo a distribuição. À direita, em redor da moça bonita, os guris se aglomeram, agarram-se aos *slacks* de cetim, furtam balas, dão risada, e acaba nem se vendo mais a distribuidora que está envolta numa centopeia turbilhonante. Mas à esquerda, do lado da velhota, reina uma disciplina nazista. Punhado de bala pra lá, punhado de bala pra cá — parece um sargento distribuindo munição. Basta que ela diga: "Não, você já ganhou", para que os mais recalcitrantes se encolham. E chegou a haver um menino que cortesmente repeliu a oferta: "Muito obrigado, não gosto de bala."

★★★

Não vos irei descrever o espetáculo propriamente dito; prefiro falar na sala, muitíssimo mais animada que a ribalta. Perto de mim, tinha um negrinho entendido que ia explicando o mistério de todas as mágicas. Ou porque conseguisse, por qualquer meio encoberto, privar da intimidade de Mr. Harry (que está hospedado na pensão da beira da praia), ou porque houvesse lido algum livro do assunto, ou porque a intuição e a inteligência lhe suprissem o engano dos olhos, o fato é que não havia truque para o qual não desse explicação. Mr. Harry mostrava a varinha de condão, quebrava-a em pedaços, jogava tudo fora, e antes que o desenlace da sorte se anunciasse, o negrinho falava com

voz bastante audível: "Ele tem outra apregada na liga."
Realmente, daí a segundos, Mr. Harry, com ar surpreso, tirava intacta a destruída varinha de dentro do sapato.

Por fim, Miss Nelly, a 3.ª secretária, muito magrinha e loura, com uns encontros pontudos de frango de forno, se introduziu na "caixa da morte", foi trespassada por doze espadas e o sangue escorreu por sob o cofre sinistro. A meninada toda suspendeu o fôlego, num pavor — e o negrinho dessa vez calou a boca. Mas quando, após a carnificina, Mr. Harry deu um tiro, a caixa abriu-se e Miss Nelly saiu sorridente, com a pele e os ossinhos incólumes, o moleque não se conteve e falou alto para o auditório:

— Bem, desta vez foi mesmo magnetismo...

*(27-01-1945)*

## Crônica n.º 1

Tanto neste nosso jogo de ler e escrever, leitor amigo, como em qualquer outro jogo, o melhor é sempre obedecer às regras. Comecemos, portanto, obedecendo às da cortesia, que são as primeiras, e nos apresentamos um ao outro. Imagine que pretendendo ser permanente a página que hoje se inaugura, nem eu nem você — os responsáveis por ela — nos conhecemos direito. É que os diretores de revista, quando organizam as suas seções, fazem como os chefes da casa real arrumando os casamentos dinásticos: tratam noivado e celebram matrimônio à revelia dos interessados, que só se vão defrontar cara a cara na hora decisiva do "enfim sós".

Cá estamos também os dois no nosso "enfim sós" — e ambos, como é natural, meio desajeitados, meio carecidos de assunto. Comecemos pois a falar de você, que é tema mais interessante do que eu. Confesso-lhe, leitor, que, diante da entidade coletiva que você é, o meu primeiro sentimento foi de susto — sim, susto, ante as suas proporções quase imensuráveis. Disseram-me que o leitor de *O Cruzeiro* representa pelo barato mais de cem mil leitores, uma vez que a revista põe semanalmente na rua a bagatela de 100.000 exemplares!...

Sinto muito, mas francamente lhe devo declarar que não estou de modo nenhum habituada a auditórios de cem mil. Até hoje tenho sido apenas uma autora de romances de modesta tiragem; é verdade que venho há anos frequentando a minha página de jornal; mas você sabe o que é jornal: metade do público que o compra só lê os telegramas e as notícias de crimes e a outra metade lê rigorosamente os anúncios. O recheio literário fica em geral piedosamente inédito. E agora, de repente, me atiram pelo Brasil afora em número de cem mil! Não se admire portanto se eu me sinto por ora meio "gôche".

Dizem-me também que você costuma dar sua preferência a gravuras com garotas bonitas, a contos de amor, a coisas leves e sentimentais. Como, então, se isso não é mentira, conseguirei atrair o seu interesse? Pouco sei falar em coisas delicadas, em coisas amáveis. Sou uma mulher rústica, muito pegada à terra, muito perto dos bichos, dos negros, dos caboclos, das coisas elementares do chão e do céu. Se você entender de sociologia, dirá que sou uma mulher telúrica; mas não creio que entenda. E assim não lhe resta sequer a compensação de me classificar com uma palavra bem soante.

Nasci longe e vivo aqui no Rio mais ou menos como num exílio. Me consolo um pouco pensando que você, sendo no mínimo cem mil, anda espalhado pelo Brasil todo e há de muitas vezes estar perto de onde estou longe; e o que para mim será saudosa lembrança, é para você o pão de cada dia. Seus olhos muitas vezes ambicionam isto que me deprime — paisagem demais, montanha demais, panorama, panorama, panorama. Tem dias em que eu dava dez anos de vida por um pedacinho bem árido de caatinga, um riacho seco, um marmeleiral ralo, uma vereda pedregosa, sem nada de arvoredo luxuriante, nem lindos recantos de mar, nem casinhas pitorescas, sem nada deste insolente e barato cenário tropical. Vivo aqui abafada, enjoada de esplendor, gemendo sob a eterna, a humilhante sensação de que estou servindo sem querer como figurante de um filme colorido. Até me admira todo o mundo do Rio de Janeiro não ser obrigado a andar de sarongue. Mas cala-te, boca; para que fui lembrar? Capaz de amanhã sair uma lei dando essa ordem.

Apesar entretanto de todas essas dificuldades, tenho a esperança de que nos entenderemos. Voltando à comparação dos casamentos de príncipe, o fato é que as mais das vezes davam certo. Não viu o do nosso Pedro II com a sua Teresa Cristina? Ele quase chorou de raiva quando deu de si casado com aquele rosto sem beleza, com aquela perna claudicante; porém com o tempo se acostumaram, se amaram, foram felizes, e ela ganhou o nome de Mãe dos Brasileiros. Assim há de ser conosco, que eu, se não claudico no andar, claudico na gramática e em outras artes exigentes. Mas sou uma senhora amorável, tal como a finada imperatriz, e de alma muito maternal. A política é que às vezes me azeda mas, segundo o trato feito, não discorreremos aqui de política. Em tudo o mais sempre me revelo uma alma lírica, cheia de boa vontade; se sou triste um dia ou outro, não sou mal-humorada nunca. E tenho sempre casos para contar, casos da minha terra, desta ilha onde moro: mentiras, recordações, mexericos, que talvez divirtam seus tédios.

Você irá desculpando as faltas, que eu por meu lado irei tentando me adaptar aos seus gostos. Quem sabe se apesar de todas as diferenças alegadas temos uma porção de coisas em comum?

Vez por outra hei de lhe desagradar, haveremos de divergir; ninguém é perfeito neste mundo e não sou eu que vá encobrir meus senões. Tenho as minhas opiniões obstinadas — você tem pelo menos cem mil opiniões diferentes —, há, pois, muito pé para discordância.

Mas quando isso suceder, seja franco, conte tudo quanto lhe pesa. Ponha o amor-próprio de lado, que prometo também não fazer praça do meu. Lembre-se de que há um terreno de pacificação, um recurso extremo, a que sempre poderemos recorrer: fazemos uma trégua no desentendimento, procurando esquecer quem dos dois tinha ou não tinha razão; damos o braço e saímos andando por este mundo, olhando tudo que há nele de bonito ou de comovente: os casais de namorados nos bancos de jardim, o garotinho cacheado que faz bolos na areia da praia, a luz da rua refletida nas águas da baía, ou simplesmente o brilho solitário da estrela da manhã.

Depois disso, não precisaremos sequer de fazer as pazes; nos seus cem mil variadíssimos corações, como no meu coração único só haverá espaço para amizade e silêncio.

Há anos sei que é infalível o resultado da estrela da manhã.

*(01-12-1945)*

## "As cartas não mentem jamais"

Fiz outro dia um favor a uma dama minha conhecida. É ela dessas criaturas que não gostam de dever nada a ninguém; e sendo ao mesmo tempo pessoa pobre e cartomante, pagou-me na moeda do seu ofício, pondo as cartas para mim.

Cartomante é um modo de dizer, ou antes, é uma generalização, porque essa senhora nem só de cartas usa. Usa "licor de aguardente", segundo diz (e quanto!), traça a mesa com um punhal, acende e apaga uma vela e cantarola uma quase inaudível oração. O baralho há de ser mágico também. Porque, ao contrário de todas as coisas perecíveis deste mundo, que com o uso gastam-se, perdem volume, ele cada dia mais cresce e engrossa, como se o uso em vez de lhe tirar, lhe desse substância. E quando está por demais sujo — informou-me a própria pitonisa — ela o lava, põe-no a secar ao sol e o passa a ferro.

Arte bem aproveitada, aquela; com tão pouco material tirar tanta ciência — passado, presente e futuro. O que não sei é se por culpa do favor que me devia, ou porque ando mesmo de estrela propícia, a mulher só tinha olho para coisas de bom agouro. Dinheiro, ventura, saúde, viagens, foram o seu assunto principal. Fala pela boca de um anjo. Verdade que se mostrava sempre cautelosamente imprecisa. Só em alguns casos entrou em detalhes, quase deu uma data — quando disse que até ao fim da próxima quaresma receberei uma carta que me trará grande aumento. Mas não disse de que será o aumento, por mais que eu insistisse. Desculpou-se alegando que as cartas "estavam embaçadas". Também podia ser que embaçada lhe estivesse a vista porque o licor já era por demais.

Falou depois que ainda hei de ter meu nome numa placa. Dito assim, parece adivinhação importante. Mas, pensando bem, quem não acaba tendo o seu nome numa placa — no cemitério? Senão o nome ao menos um número — mas sempre há de ser coisa pessoal, designando especificamente aquele que ali jaz. E fiquei triste pensando que estou assim fadada a cozinhar ao sol num destes cemitérios de cidade, talvez o daqui da ilha, tão desconfortável, sem a sombra de uma árvore; os túmulos brancos até parecem alegorias das ossadas. Minha ideia era ser enterrada debaixo de uma das umarizeiras grandes da várzea, no pátio da nossa velha fazenda, lá na minha terra. Contrariasse embora um dos meus velhos amigos de lá que ao me ver exprimir esse desejo, ao passarmos pelo local, objetou:

— Faça isso não, Rachelzinha. Defunto em beira de estrada vira assombração.

Assim, pois, em vez da sombra da umarizeira terei placa. E quem sabe mais um anjo, ou uma coluna e até um epitáfio. Os parentes são capazes de tudo, ou para provarem o amor que nos tinham, ou para se penitenciarem dos males que nos fizeram. É possível até que um, mais malvado, chegue a me pôr no túmulo um retrato em sépia, embutido no mármore, com aquele ar de espanto e inquietação que têm os retratos dos mortos.

Mas voltemos à cartomante. Disse ela que as minhas pedras são o brilhante e a ametista, que o meu metal é a platina. Ora, ora: de quem é que o brilhante não é pedra? O ametista, e platina... Minha cor é o violeta, minha flor o íris; meu mês de sorte junho e agosto. Talvez, talvez. Vá por junho e agosto.

No fim, porém, a minha amiga concentrou mais o seu ar de mistério, que já era grande. Mudou de lugar várias vezes o valete de paus, a dama de ouros ou a dama de copas — ou ambas, nem sei.

Bebeu mais do licor, traçou novamente as cartas, fez uma cruz por cima, baralhou, estendeu — e lá surgiram de novo o valete preto, a dama branca. E eu vi que ia sair a chave de ouro da consulta.

— A senhora precisa ter grande cuidado com um homem moreno e uma mulher loura. Use de cautela e vigilância. A mulher loura é sua inimiga, e ainda lhe pode fazer chorar muito.

Ai, pitonisa, longe vá o agouro!

E por que, entre todos os perigos deste mundo — por que logo uma loura?

Contudo, sossegue que eu vigio. Noite e dia, dia e noite... Se as cartas não mentem jamais, olhe que por meu lado eu não sou a Manuelita da cantiga. Sou antes da espécie do falecido Marechal Floriano: "confiar desconfiando"...

Até desafio as artes das damas de copas, das damas de ouros, do baralho inteiro. E digo, com soberbas e tudo:

— Só se ele também for feiticeiro...

*(22-12-1945)*

## Caso clínico

Onde se conta como um ignorante zombou, sozinho, de um concerto de sábios e doutores

Este caso é verdadeiro e se passou num dos nossos hospitais públicos, cujo nome não posso dizer. A ambulância foi buscar o doente a pedido dos vizinhos compadecidos de um português chamado Bentes, vítima da sua família desalmada. O desgraçado, além de paralítico — ou justamente porque era paralítico e incomodava dentro de casa, fora atirado para o galinheiro. Do galinheiro os serventes o removeram para a ambulância, e a maca ficou toda suja, porque as galinhas não faziam cerimônias com o pobre.

Chegado à enfermaria, lavado e posto em exame, virava-se e revirava-se o homem e os médicos nada descobriam nele de anormal que justificasse a alegada paralisia. O caso era esquisito, para não dizer suspeito. Doença de que ele se queixasse propriamente não havia nenhuma — apenas umas dores vagas, aqui e além. Mas não andava, mal se mexia. Desconfiados de uma simulação, puseram-se os médicos a lhe aplicar tudo que sabiam ou improvisavam em matéria de testes. Fez-se exame de calor e frio: escorre na perna do homem água morna, água gelada, água bem quente e ele, ou não sentia nada, ou dizia que a morna era fresca ou que a gelada fervia. Chega o médico como quem não quer nada, com um alfinete disfarçado na mão — e zás, lhe enfia o alfinete na barriga da perna. "*Sentiu alguma coisa, seu Bentes?*" Porém o Bentes não sentia nada. Outra investida, e desta vez o doutor lhe arranca um cabelo da perna — mas não se doeu com o alfinete, quanto mais um cabelinho. Cócegas na sola dos pés — e ou o Bentes não tinha cócegas, ou estava realmente insensível. Aí puseram as duas pernas do Bentes fora da cama, estiradas como uma prancha em sentido horizontal, apoiando no rebordo do colchão somente o terço superior da coxa. É uma das posições mais difíceis para uma pessoa normal sustentar. E o doutor chefe, que tem um senso de humor meio bizarro, ainda pôs equilibradas em cima de cada uma das canelas do examinando as próprias botinas do Bentes. Mas, se aguentar aquilo seria difícil para um são — para o tolhido era coisa somenos. E antes de Bentes se cansaram os médicos; foram retiradas as botinas, sem que houvesse estremecido um músculo ao doente, na incômoda postura. Agora chegamos a um ponto controvertido da narrativa; o doutor que me contou o caso nega-o, indignado, mas tenho indícios sérios de que a coisa se fez; ele chegou disfarçadamente a brasa do cigarro ao pé do enfermo — o cigarro chiou — e o Bentes nada!

Estavam esgotadas as provas; mas além de outras suspeições de ordem técnica, que não sei especificar, havia um fato que acirrava a desconfiança dos clínicos: é que passado cada teste, o suposto entrevado os olhava triunfante, chegava a dizer: "Viram?", como se o resultado obtido dependesse de diligência sua e não das contingências da moléstia. Mas houvesse ou não algo suspeito, era mister acreditar no homem, senão no que dizia, pelo menos no que sentia, ou antes, no que não sentia. E toca a confeccionar o diagnóstico. Depois de muito desacordo chegaram à conclusão de que o mal do Bentes deveria ser um tumor qualquer no cérebro, o qual comprimia a zona responsável pela sensibilidade da perna. (Isso foi dito em outras palavras, naturalmente). Feito o diagnóstico, era mister agir, tratar. Infelizmente, esses médicos de hoje são muito mais perigosos do que os de outrora, porque dispõem de recursos técnicos incomparavelmente mais adiantados. Assim, quando um doutor de antigamente, tendo diagnosticado o mesmo tumor, receitaria decerto um purgante para descarregar os humores, uns sinapismos a fim de chamar o sangue para baixo, umas compressas quaisquer nas frontes para refrescar — os de agora, reunidos em conselho de guerra, tramaram uma *ventriculografia*. Sendo o caso tão especial, tinham que confirmar o diagnóstico; para isso careciam abrir uma janelinha na cabeça do homem, como quem tira um quadrado numa melancia para ver se está madura; aberto o buraco na caixa craniana, enfiam por ele uma agulha comprida que deverá atingir o ventrículo cerebral, e pela agulha se injeta nos miolos do paciente uma coisa que não sei se é ar ou se é líquido, conseguindo assim colorir, ou sombrear, ou comprimir o ventrículo — enfim, preparar um *make-up* que faça o dito ventrículo sair bem na radiografia. Tira-se a chapa e embora, se for confirmada, a doença provavelmente não tenha cura nem tratamento, ficam os doutores sabendo se erraram ou acertaram, o que já é um resultado. Como quem levanta a mão, de cima da moeda, depois de jogar cara ou coroa. Há, contudo, casos em que, apesar de todos esses cuidados, não se obtém uma radiografia bastante nítida e o diagnóstico continua obscuro. Foi o que sucedeu com o Bentes, que, trepanado, agulhado, comprimido, radiografado — continuou escondendo impenetrável o seu segredo.

E triunfante, imóvel na cama, dava vazão ao seu refinadíssimo espírito de porco. O hospital era uma droga, os médicos uns analfabetos, os enfermeiros, uns assassinos e infinitos os seus padecimentos. Se nas pernas não sentia nada — e justamente era esse o seu trunfo — pelo resto do corpo e pela alma inteira não havia o que não sentisse. Sei que os doutores, na visita diária, passavam rápidos pelo abacaxi: "repita a medicação", e iam se consolar com algum excelente impaludado que, com um pouco de atebrina, era uma vitória da ciência médica.

Mas aí apareceu no hospital um moço recém-formado, que desde o início não acreditou nos males quase metafísicos do Bentes. Era um desses ásperos marxistas ortodoxos que só acreditam em materialismo histórico, tese, antítese e síntese e tudo o mais é fuleiragem. E isso mesmo significou ao entrevado, em termos tão enérgicos que não posso reproduzir aqui — mas que incondicionalmente aplaudo.

O fato é que no dia seguinte, ao fazer a ronda dos leitos, o doutor chefe deu com o tolhido Bentes muito bem sentado na cama, calçando com as próprias mãos aquelas mesmas botinas que haviam sido instrumento dum teste. Não preciso descrever o pasmo, a sensação de ludíbrio, a ira mal encoberta dos médicos ante aquele simulador incomparável. Afinal, o chefe conseguiu perguntar:

— Mas seu Bentes, e a paralisia?

O Bentes deu o laço na botina, ficou de pé e encarou o médico:

— Olhe, doutor, esta minha paralisia aguenta alfinete, cócegas, água quente, água fria, buraco na cabeça e até queimadura de cigarro. Mas desaforo não aguenta. Pode o senhor assinar-me a alta.

E voltou para o galinheiro.

*(23-02-1946)*

## Drama de telefone

Depois de muito meditar, tomei afinal uma resolução: apelo a quem valer-me pode. E aqui vai o apelo.

O caso é, prezadíssimos leitores, que eu preciso de um telefone, preciso de um telefone, como na minha terra se diz que o cão precisa de almas. E ante embora necessidade tão extrema, não tenho a mais longínqua possibilidade de obter a incomparável máquina. Pois telefones, se os há, são para os outros de mais prol que a coitada de mim.

Como, em verdade, caríssimos, iria eu arranjar empenhos para aquisição tão preciosa, se passando em revista todas as minhas possiblidades nesse terreno defrontei com uma realidade que pode chamar dramática, tratando-se de país como nosso: não conto com um único, um chorado pistolão! Nem sequer um pistolão para coisas menores quanto mais para arranjar telefone.

Bem feito. Isso é o que a gente ganha com a mania de ser jornalista independente, palmatória do mundo, eterna aliada das minorias. Fica-se nesse desamparo. Imaginem se eu fosse empregada; como me haveria de arranjar para obter promoção, aumento, ou empréstimo na Caixa Econômica? Felizmente que a falta de um pistolão não me deixou sequer adquirir um emprego...

Estabelecida assim a origem do mal posso resumir dizendo que ele decorre todo do meu desejo de servir a Vossas Mercês, meus leitores e meus amos, de só lhes falar a verdade, a pura verdade, nada mais que a verdade. Caberia aqui citar a frase do grande Afonso de Albuquerque: "Mal com o rei por causa dos homens..." Para citá-lo, entretanto, careceria eu mais que nunca o telefone, pois confesso ignorar se a frase foi mesmo dita por Afonso Albuquerque. Tivesse eu o falante instrumento e logo recorreria através do fio, por exemplo, ao meu mestre e amigo Otávio Tarquínio de Sousa. E Tarquínio, o Sabedor, com uma só palavra me esclareceria a dúvida. Vocês então se regalariam em sossego com o dito do herói, poderiam mesmo usá-lo, havendo ocasião, certos de que passavam adiante moeda de ouro leal.

E se eu estiver um dia em casa, sozinha, e de repente me der uma dor? Morro sem meio de chamar a Assistência para me botar a vela na mão e me injetar a ampola final de óleo canforado. Vocês só vão dar por minha falta quando na semana seguinte aparecer nome estrangeiro nesta nossa última página.

O auxílio do repórter amador que, como se sabe, é o braço direito do jornalista, a mim me é vedado. Nomeou-se o Beijo, caiu Getúlio, subiu Linhares, pensam que eu na mesma hora soube? Pois sim! Não me lembrasse à noite de ligar o rádio. Podem os constituintes brilhar na Assembleia como a estrela da tarde; eu só vou saber o que houve no dia seguinte, se os jornais tiverem a boa vontade de contar. Se eu contar que o sumiço de Hitler foi a mesma agonia: todo o mundo sabendo, todo o mundo, menos eu.

Até o trote. Sim, até mesmo o democrático direito de dar e levar trote, comigo não funciona.

Enfim, caiu a ditadura, o Rio está cheio de deputado e senador, mas para mim o sol da democracia ainda não nasceu. Continuo segregada nas trevas; que jornalista sem telefone é como um país sem parlamento.

Suponhamos que uma ressaca furiosa açoite a baía e os calhambeques da Cantareira não se aventurem no mar tormentoso que separa a ilha do continente. Como hei de mandar aos nossos patrões d'*O Cruzeiro* a minha matéria da semana? Mas tivesse eu um telefone, quão belo seria sentar-me junto ao aparelho e transmitir majestosamente a crônica; do outro lado, na redação, a datilógrafa diligente ia copiando, copiando... Impressa a crônica teria no cabeçalho a anotação: "pelo telefone." Até parecia coisa de redator-chefe, ou de dono de revista.

Porém, hélàs, não tenho telefone. E o aparelho que me fica mais ao alcance é o da quitanda. Vocês concebem o quadro: a ressaca rugindo, a fila do tomate estrilando, e eu ditando literatura? Aliás, nem convém pensar nisso que o quitandeiro deixava.

★★★

Leitor de prestígio, leitor dos pistolões, o telefone que lhe imploro nem automático é. É um desses telefoninhos de manivela ao lado, rudimentar, fanhoso, precário, preso à telefonista como a criança de colo à saia de sua mãe.

Aviso mais que não peço absurdo, pois estou na fila da Light há bem um ano.

Nos seus poderes, ó raro, ó precioso, confio, portanto, e espero. E já que estou em maré de citações, termino citando Garret: "Tendo eu fé e esperança, havereis caridade para comigo?"

*(16-03-1946)*

## Por falar em bombeiro

Na semana passada falei em bombeiros e a verdade é que ainda não acabei com o assunto. Porque recordo outro caso de bombeiro passado em Belém do Pará, terra onde morei em certo período da minha meninice...

Terra muito especial, Belém do Pará. De lá saí aos nove anos de idade e portanto ninguém me pode exigir que conserve da cidade uma recordação adulta e discriminada. Lembro-me de Belém como quem de manhã recorda um sonho confuso. Aquelas alamedas enormes de mangueiras com os troncos pintados de branco, e que se chamam "estradas". O Marco da Légua, onde tem mato e é longe, e a gente vai de bonde nos dias de domingo ver e fazer piquenique. Os portugueses da Tuna, tocando os seus bandolins. O clube Paissandu e o clube do Remo duelando no futebol; eu era Remo. Tinha no meu tempo o Ver-o--Peso, onde se viam canoas, montarias, barcaças carregadas de fruta, de legume verde e caça que era um desperdício. Tinha barco cheio de cupuaçu que cheirava a cem metros de distância. Diz que agora, com a Batalha da Borracha, os americanos e a escassez universal, o Ver-o-Peso anda decadente. Tinha as casas de açaí, com bandeira vermelha na porta; a gente furtava tostão na gaveta, furtava cuia na cozinha e saía escondido pra comprar açaí que se comia com farinha d'água. Mãe da gente, filha de outra terra, achava açaí comida de bugre e tinha medo que desse indigestão; ademais, dizia que açaí tinha gosto de mato.

Tem o Mosqueiro e o Pinheiro que são como o Paquetá de Belém, e para onde a gente vai de navio. E lá do Mosqueiro se segue para a praia do Chapéu Virado — a verdadeira, real, indiscutível localização de Pasárgada. Sim, Pasárgada, Manoel, Pasárgada.

Tem o Museu Goeldi onde o grande artista Osvaldo Goeldi aprendeu a desenhar os seus bichos inimitáveis. Do Museu recordo as avenidas do areião grosso, a jaula dos macacos, a cova dos jacarés imensos e a cobra-grande que parecia uma árvore derrubada e imóvel no meio do serpentário. E o urubu-rei que me fez romper em pranto ao vê-lo tão exilado e majestoso; quando me perguntaram o porquê daquele choro eu disse que estava com pena do imperador d. Pedro II. É que tinha dado nesse dia a lição da Proclamação da República.

Em Belém tem ainda o Círio de que aqui não falo, porque o Círio é o sonho mais fabuloso da minha infância e não o posso resumir em duas linhas. Falo antes da missa de sábado de Aleluia na Basílica, que meu pai me levou para ver como se fosse teatro. O bispo cantava no altar, os outros de redor e do coro respondiam e quando os sinos romperam a aleluia a igreja ficou tremendo com o ruflar de asas das pombas brancas. E um dos pombos, encadeado, veio pousar no genuflexório de seda de uma senhora velha, na nossa frente.

Em Belém a grama das praças públicas é tão verde que parece grama de presépio, feita com papel crepom. Mas o que tem de bonita tem de traiçoeira: fervilha de mucuim e jamais esquecerei o dia em que de malcriação me atirei na grama da praça e rolei, rolei até fartar a raiva. Chegando em casa estava com o corpo todo pipocado de mucuim que é um bichinho do tamanho quase dum micróbio, vermelhinho, e onde entra na pele faz calombo. Ensinaram a minha mãe que mucuim só cai do corpo da gente se é banhado em álcool e mamãe, inocente, com álcool me esfregou dos pés à cabeça. Proporcionou-me, na idade de oito anos, um doce e prematuro pilequinho, que a princípio me fez rir e dizer asneiras e depois dormir como o anjo que eu era.

Esse fatal gramado ficava no largo fronteiro ao quartel dos bombeiros, onde íamos passear todas as tardes com a nossa ama e assistir ao exercício dos soldados. Não sei porque eles se exercitavam na rua; talvez porque no interior do quartel não dispusessem de pátio adequado para isso. Ou porque lhes agradasse a plateia embasbacada de amas, pirralhos e desocupados que se reunia numerosa no jardim. Subiam pelas anfractuosidades da fachada, agarravam-se aos canos, penduravam-se às traves, corriam pelas cornijas, desenrolando mangueiras, ou se balançavam perigosamente nas escadas de esticar, como acrobatas de circo. Sempre o espetáculo terminava com o salto de toda a turma na própria rede de forma circular, como uma peneira, com que os bombeiros costumam aparar os náufragos de incêndio. Cada homem subia pela parede acima igual a Harold Lloyd, sem escada, sem coisa alguma. Chegando a dado ponto os debaixo sustentavam a rede, ouvia-se uma voz de comando — e ele se atirava como um mergulhador. E assim o outro e o outro.

Mas um dia houve interrupção. O bombeiro cuja vez chegara recusou-se a saltar. Debalde o sargento em baixo gritava. O soldado ouvia os gritos, mas em resposta só fazia abanar a cabeça, querendo dizer que não. Pousava isolado, numa ponta de cornija. O sargento berrava agora que ele estava com medo, que era só medo. E o bombeiro, lá de cima, tornou a acenar que sim. Muito tempo durou a disputa. Até que o sargento, desesperado, gritou que empurrassem o homem à força. O soldado medroso esperou que os outros se aproximassem até que chegaram quase ao alcance da mão; aí se atirou para baixo — mas não para a rede — e agarrado ao reboco, arranhando, escorregando como um gato, desceu da altura de dois andares à rua. Mal chegara em baixo o sargento o agarrou pela túnica: "Seu covarde! Covarde! Vou metê-lo no xadrez! Você é a vergonha da corporação! Covarde!"

E o covarde, que era um daqueles caboclos paraenses de fala mansa, arrancou da sua túnica as mãos do sargento, segurou por sua vez a túnica do superior, abanou-o um pouco e disse:

— Menas verdade, sargento, menas verdade. Posso ter medo de queda, porque não sei avoar. Mas medo de homem não tenho. Quer ver, quer ver? Fincou-lhe mais a mão nos peitos, empurrou, e o sargento foi rolar na sarjeta.

Aí houve apitos, os bombeiros se amontoaram e a ama arrastou a gente embora, com medo da briga. Nós chegamos em casa contando que o bombeiro tinha matado o sargento. Mas papai corrigiu, explicou que a gente não diz *tinha matado* e sim *tinha morto*; ademais bombeiro nunca mata sargento. Havia de ser tudo imaginação.

*(06-04-1946)*

## Até as pedras conhecem

No tempo de Salvador Correia de Sá, chamado Salvador o Velho, governador do Rio de Janeiro e dono desta sua ilha que por isso se ficou chamando Ilha do Governador — mal saída que estava ela das mãos dos bugres —, começou-se a cultivar aqui o que então se cultivava no Brasil inteiro: a cana. Canaviais e engenhos, escravaria, senzalas, indiada, ainda hoje se encontram vestígios arruinados disso tudo. Fazia-se açúcar mascavo, rapadura, aguardente.

Depois foram-se embora os Correia de Sá, e a ilha ficou entre o rei, o mosteiro de S. Bento e alguns fidalgos ou homens ricos; e mais se ampliou a lavoura, cada morador ou agregado plantando o seu pomar de fruta, cultivando sua roça de milho, mandioca, feijão, arroz, até fumo, até café. Nas ruínas da casa grande do Barão de Capanema, senhor de grandes terras nesta ilha, justamente o que ainda resta inteiro é um antigo terreiro de café.

A ilha chegou a ser uma espécie de horta e jardim da cidade, mandando diariamente para lá barcas e barcas carregadas de cereal e hortaliça.

Aos poucos, entretanto, à força de compras, de inventários perdidos, de *grilos*, de doações, foram as terras da ilha mudando de donos; os lavradores se viram desapossados, e os grandes proprietários, as grandes companhias imobiliárias, por compra ou por astúcia, tomaram conta de tudo. Abandonaram-se os roçados, que viraram capões bravios, derrubou-se o arvoredo de fruteiras para fazer lenha. Onde houve tanto verde e tanta fartura reina hoje uma nudez de caatinga agreste. Onde houve tanto milho e tanta couve, hoje em dia só se cultiva pedra.

Isso mesmo, pedra. Parece que a ilha toda é uma pedreira sem fim, ora os rochedos aflorando no chão como abrolhos no mar, ora mal encobertos por uma camada rala de capim ou de limo.

Lavoura bruta essa, feita com dinamite e a golpes de marreta. Até parece terra de degredo, com os homens penando em trabalhos forçados. Por toda a parte onde a gente ande, só avista rochedos escalavrados, só se ouvem os tiros das minas trovejando, e o troc-tloc contínuo do ferro no granito. Por isso dizem aqui que a pedra da ilha é o pão do pobre.

Pode ser pão; mas também é morte. Porque em todo ofício em que a gente em vez de amansar, maltrata a natureza, tem risco certo de morte ou desgraça. Quem ajuda a natureza — quem planta, quem cria, quem com o suor do seu rosto traz aumento ao mundo —, esse morre de velho descansado. Mas quem enfrenta água, céu ou chão, quem navega no mar, quem anda voando como os de agora, que cava minas e principalmente quem tiroteia com explosivo a terra nossa mãe, como se fosse uma inimiga — todos esses pagam.

Ontem, por exemplo, uma das nossas pedreiras tirou vingança dura. Não se sabe por que malícia escondeu-se uma mina numa entranha de pedra; o fogo dormiu no estopim a noite inteira como se em vez de dinamite houvesse ali uma carga de água. E só de manhã, quando os homens chegaram ao trabalho e se espalharam como formigas retalhando a laje, a mina encoberta estourou, quebrando perna, arrancando olho, fraturando costela, braço, crânio; parecia até arte de alemão. Aliás houve quem falasse em alemão. Mas acho que é tolice, os alemães não estão mais para essas.

A desgraça que para cada família traz a perda desses braços, dessas pernas, desses tampos de cabeça, desse olho cego, ninguém pode calcular. Se bem que a maioria dos feridos se registre como rapaz solteiro. Curioso, hoje em dia, só dá homem solteiro. Os homens todos solteiros, as mulheres todas casadas; sim, porque elas é que têm os filhos e quem tem filho é casado; eles, como não tem obrigação, falam, sempre, que são solteiros, porque não passaram pelo juiz ou pelo padre e não pensam no bando de gibi chorão que deixaram por aí.

(Quem duvidar do que estou dizendo, consulte as fichas de inscrição nos ambulatórios, ou em qualquer outro serviço social. Noventa por cento dos homens são solteiros e 90% das mulheres são casadas. O que é feito dos homens casados e das mulheres solteiras ninguém sabe.)

Mas solteiros ou não, deles é que vinha o sustento das mães e da criançada que é muita, isso eu juro. E agora como vai ser? Não se fala em indenização, e ademais, quando é que uns poucos de cruzeiros de inflação podem pagar a carne e o sangue de um homem? Será que quinhentos cruzeiros pagam o preço dum braço vivo e trabalhador ou pagam o preço de uma perna que caminhava no chão e carregava seu dono?

Ora pois não digo que a natureza não tenha o direito de se revoltar de vez em quando e cobrar o mal pelo mal. Mas por que há de sofrer o justo pelo pecador? Por que há de pagar o pobre a ambição do rico? Já não basta a guerra em que houve 55 milhões de baixas, entre pobres e soldados rasos? Que os generais e os governantes só morreram de acidente ou doença? De guerra, mesmo, nenhum. Pois já não basta a guerra?

Os pobres escavocam a pedra, com tiro e ferro, é verdade. Mas quem se goza disso? Eles só moram em barracos de sopapo ou de lata, cobertos de zinco ou sapé; algum raro mora debaixo de telha, mas duvido que um só deles tenha em casa obra de pedra do tamanho da mão. Para os ricos vai a pedra toda — para os grandes e os poderosos. Para que se tranquem mais a seguro, que rodem mais no macio, que tenham casa não só para si e os filhos, mas para os netos e bisnetos. Então, se tivesse alguém justo mandando nessas coisas que acontecem, por que não fazer o castigo cair em quem merece? Ficassem quietas as pedras nas pedreiras, enquanto os operários cativos lidam com elas; estourassem depois, quando já estivessem a serviço dos ricos. Estourassem nos alicerces dos palacetes, nos paralelepípedos da rua ao peso dos automóveis, no lajeado dos jardins, nos ornatos de cantaria.

Mas qual, é inútil. Até pedra sabe quem é a parte fraca. Aí, até pedra conhece.

*(13-04-1946)*

# Noel

Não, amigos, não traduzam; não me refiro ao natal; quero mesmo dizer Noel, Noel nome próprio, Noel pessoa. Quando falo em natal, digo natal mesmo, que não sou criatura de francesismos. Falo de Noel Rosa, o chorado, o perdido Noel.

Noel não tinha queixo, não tinha dinheiro, não tinha saúde. Em outras palavras era feio, era pobre e era tísico. Matéria-prima especial para poeta, em verdade. Que os há também sãos e prósperos, e belos, mas representam uma contrafação. A figura de poeta que concebemos e cultuamos é aquele que anda mendigando uma média, e põe pela boca os pulmões junto com a alma.

Direis que Noel Rosa não era poeta, era sambista. Ora meus senhores. Todo legítimo sambista é poeta, enquanto nem todo poeta é sambista, isso sim. Quem não souber fique sabendo. E o autêntico poeta que não é sambista, sua lira e sua musa trocaria por um samba, um bom samba — trocaria volumes premiados pelo "Amélia" por exemplo. Ponde em leilão a autoria do misterioso "Promessa" e vereis Manu-o-Bardo-Imortal, Dantas-de-Morais-Cachorra, Augusto-Frederico-o-Rico, Pedro-Defunto-Bissexto, e até a Fidalga-Cecília todos lançando, todos querendo arrematar.

Tão ilustres embora, pisando em louros qual se fora grama, não passem duns sambistas recalcados. Ai, e nós também, nós também.

★★★

Estava eu ontem no meu canto sossegada quando o rádio tocou a homenagem a Noel Rosa.

Tocou "Até amanhã". Meu Deus, três palavras vou dizer por despedida, mas não me parta o coração Noel, que eu já não tenho 18 anos. Só coração que ainda está empenando pode falar em despedida à toa. Passado certo tempo a gente deixa de gostar de se despedir, não quer largar nada, nada. Nem você queria, Noel. Não vê que suas palavras de despedida não incluem o adeus — é só até amanhã, até já, até logo... Chantagem sua afinal de contas, Noel.

Tocaram o "Último desejo" — nosso amor que eu não esqueço e que teve o seu começo numa noite de São João.

Se lembram, amigos, de Araci fanhosa, esganiçando no disco arranhado, e a gente chorando dentro do chope: "Perto de você me calo, tudo penso nada falo, tenho medo de chorar..."

E ainda é nesse samba que tem aquele pé dizendo: "O meu lar é o botequim." Noel confessava isso batendo no peito, se culpando. Mas depois dele ficou clássico. É o homem que eu amo, que tu amas, que nós amamos, todos têm seu lar no botequim. Que lar não é onde se dorme nem se come, mas onde se ama e se sonha. No botequim nos conquistam, no botequim — *hélas* — nos abandonam, no botequim choram a dor do amor traído, no botequim nos recuperam muitas vezes, com ajuda da vitrola e da saudade. Que o Rio é a cidade do amor no botequim. Botequim de cassino, botequim de toldo à beira-mar em Copacabana, botequim de esquina, botequim suburbano — mas sempre o cenário indispensável: a mesa, o garçom, a consumação no meio, seja sorvete ou cerveja, uísque ou madeira erre. Ou martini com azeitoninhas que ainda há delas que acreditam nisso.

Depois do "Último desejo" tocaram umas curiosidades, sambas mal conhecidos de Noel que só alguns poucos devotos — e eu, e eu! — conhecemos.

Em seguida deram a introdução da Filosofia; mas os metais tocavam forte, o cantor era novo e acreditava em breque à Jorge Veiga, a orquestra parece que tinha pressa de acabar, corria na frente, com o cantor agoniado atrás.

Era como se irradiasse outra coisa, outra música. Onde estava Noel, o humilde e desdenhoso Noel de Filosofia? Não dava ideia dele, parecia antes coisa daquela gente que só conhece a hipocrisia e não se importa se ele vai morrer de sede ou se vai morrer de fome...

E eu e o outro nos pusemos a comentar. Será mesmo Noel? Que diferença, gente, até dói! Carecia ter um jeito de se preservar a tradição de Noel Rosa, com discos velhos, com velhos cantores que nunca tenham ouvido swing ou fox-canção. E principalmente que nunca tenham ouvido bolero. Sim, é isso: estão dando a Noel um jeito de bolero.

Perto de nós um mocinho escutava e achava chato; nem compreendia tanta fama, tanta literatura. E a gente, por contágio, parece que também ia ficando fria, ia estranhando, desanimando.

Céus, que seria aquilo? Que mudança? Tínhamos vontade de virar soneto, fazer um trocadilho e perguntar: "Mudaria o Noel ou mudei eu?"

Foi então que, dulcíssimo, noelíssimo, um coro irrompeu em surdina nas Pastorinhas.

*A estrela-d'alva/ no céu desponta...*

Não, Noel, não mudamos. Nem você nem nós. Veja como cantamos comovidos, seguindo as pastorinhas. Mudaram os tempos, Noel. Mudaram os ritmos, os músicos. Nós não.

*(20-04-1946)*

# Não escrevam

Todas nós, veteranas no ofício, somos frequentemente procuradas por moças que sentem em si a imperiosa vocação de escrever. Pedem-nos conselhos, citam coisas nossas que leram, mostram-nos as suas próprias produções, cumprem, enfim, a rotina clássica do principiante junto ao medalhão: um pouco de lisonja, um pouco talvez de inveja e bastante desdém juvenil.

Alegam todas que nasceram para escrever. Pois, de princípio, não acredito que ninguém nasça para escrever. A gente nasce para a vida e para a morte, ou, como dizia Lampeão, para amar, gozar e querer bem. Escrever é uma arte postiça e tardia, muito longe da espontaneidade do canto ou da dança; o seu aprendizado é penoso, mesmo se a gente se refere ao aprendizado propriamente técnico, o traçar das letras, a formação das sílabas, das palavras, a pontuação.

Se alguém nascesse para escrever, haveria de nascer logo escrevendo; ao mesmo tempo que dissesse *papá* e *mamã*, tomaria do cálamo e traçaria os seus balbuceios. Assim como um patinho recém-nascido nada.

Fixado este ponto — isto é, que ninguém nasce para escrever, que ninguém nasce com a sina imperiosa, iniludível de escrever, mas antes impõe a si próprio aquele esforço, com muita lida, muitos erros e recuos —, pergunto eu: para que escrever?

Mormente se tratando de mulher. Porque o homem, criatura mais ou menos folgada, não tem na realidade nenhum compromisso com a natureza; ou se os tem, pode satisfazê-los num minuto. Sobra-lhe tempo para as ocupações criadoras ou destruidoras, a escrita, as artes plásticas, a guerra, a mecânica, o estudo. Mulher, não. Desde o berço, traz seu ofício no corpo. Se seus balbuceios. Assim como um patinho recém-nascido nada.

Escrever para quê? Para exprimir-se, revelar-se? Ora, para isso a gente fala, conversa. Para ser festejada, endeusada, criar um círculo de admiradores e fãs? Mas para esse fim poderá a mulher usar a cara ou o corpo, se os tem apresentáveis. Se os não tem, não conte muito com o tal círculo, embora escreva como um anjo. Há uma misteriosa correspondência entre a beleza física de uma mulher e a admiração despertada por seus dotes intelectuais. Quer transmitir emoção? Mas nesse caso por que não tenta o balé, a música ou o teatro?

A nós, mulheres, o que convém são as artes interpretativas. Considero o teatro, por exemplo, a arte feminina por excelência. No teatro a mulher pode expandir tudo que tem valor dentro de si, com aproveitamento máximo — o talento, a beleza, a graça, a voz, o porte, o andar — até a memória. No teatro se transfigura, realiza tudo que não conseguiu ser e recalcou; no teatro recebe a admiração da turba, e o palco que a consagra fica sendo ao mesmo tempo um andor e um trono.

Escrever é um ofício sórdido. É uma espécie de autofagia e eu talvez dissesse coisa pior, se ficasse bem a uma senhora escrever palavras feias. Digamos mais brandamente que escrever é girar em torno de si próprio, do próprio umbigo, da própria alminha, do próprio mundinho interior. O músico, o artista, o bailarino, apenas interpretam, traduzem, transmitem aos outros o sentimento de um terceiro; o escritor, é o seu próprio coração que ele atira aos cachorros, na rua. Ponho minha alma, meus sonhos, meus afetos numa folha de papel que será vendida a quinhentos réis — e isso porque subiu o preço dos jornais. Já vendi muito retalho da minha alma apenas por um tostão.

Escrever nada tem de belo, de sublime ou patético. Como disse antes, é apenas sórdido. Um esforço penoso, tateante, um andar de caranguejo aos recuos e aos tombos, aos impulsos que se detêm inacabados, e aquela insatisfação com gosto de cinza, aquele desgosto de incapacidade e de impotência, e no fim aquela vergonha do próprio impudor, que nos desnuda em público.

E não creiam que há prazer na criação. Só há fadiga, decepção e fracasso.

Como profissão, é miserável. Hoje rende alguma coisa, a alguns poucos indivíduos, mas qualquer emprego honesto dá muito mais. Estes cruzeiros menos curtos que nos pagam agora não querem dizer que o trabalho intelectual se valorizou: foi a inflação que desvalorizou o cruzeiro. Vive o pobre escriba num mundo fictício, escravizado a essa abstração de reações imprevisíveis que é o leitor, com o qual jamais tem o menor contato direto a não ser por cartas. E as cartas de desconhecidos ficam sendo, em verdade, o símbolo da sua missão e a sua recompensa.

Até rio, quando falam em espiritualismo, em idealismo, para os que escrevem. Sabem qual é o único, o autêntico termômetro da importância ou da popularidade de um escritor? O balcão. O número de exemplares que edita e vende, ou a quantia que está disposto a lhe pagar o diretor do jornal onde escreve. Esse é que é o nosso idealismo.

Não, meninas, não escrevam. Vão ser funcionárias, médicas, atrizes, cantoras de rádio. Terão assim muito mais contato com a glória, com o mundo, com a vida real.

Passada a vida, terão vivido; não lamentarão o *temps perdu* num mundo imaginário, onde o sangue é tinta, a carne é papel. Sim, um mundo de papel.

*(18-05-1946)*

## Peço uma saudade

Nos meus tempos de menina, aquele trecho de praia, em Fortaleza, só tinha uma ou outra casa de veraneio, palhoças de pescadores e, de noite, as esquadrilhas de jangadas dormindo na areia, ao luar.

Depois abriram ruas, plantaram calçamento e começaram a levantar bangalôs; logo um ou dois ricaços farejaram o bairro futuroso, o dinheiro do inquilino e correram a construir umas vilas com casinholas de aluguel — a princípio destinadas só a quem queria "passar tempo na praia" e logo tornadas residências permanentes, com o crescimento da cidade.

Aos poucos, a Fortaleza antiquada, que até então para o mar só dava os seus despejos e os seus fundos de quintal, resolveu ter um bairro balneário, e foi se interessando pela velha praia do Peixe. Mas interesse de burguês senhorio de casas é antes para o mal que para o bem. Burguês é como galinha: onde anda arranca o verde e deixa o sujo. Assim eles: derrubaram o coqueiral, fizeram monturo nas dunas tão brancas, destruíram os cajueiros que brotavam miraculosamente na areia salgada. Foram amontoando pardieiros, sobradinhos, vilinhas, casas de pensão e bodegas, abrindo ruelas e becos, alugando, alugando, ganhando dinheiro. Passados tempos o lugar antigo, tão lindo antes, virou um horror. As casas se apertavam, se acumulavam, se entortavam, desiguais e pretensiosas, brigando por espaço como se o mundo não fosse tão grande, e a alva faixa de areia não se estendesse no Atlântico até quase o Polo Sul.

E assim mesmo achavam que o local estava chique, e resolveram lhe mudar o nome, pois isso de Praia do Peixe, além de vulgar, era feio. Feio era o nome, imaginem.

Abriram um concurso; teve quem propusesse Rivieira, Palm-Beach e Biarritz. Mas por sorte ganhou o concurso minha querida amiga Dona Adilia de Morais (que agora, se tem mesmo anjo no céu, foi morar com eles); lembra-se da índia cujo nome é sozinho um poema e com ele batizou a praia. Assim o bairro novo Praia de Iracema se chamou; mas muito mal merecido. Tanto a índia como a madrinha estavam muito acima daquela feiura.

Contudo, por sugestão do nome, ou simples força do crescimento, a Praia de Iracema depressa foi melhorando. Cresceu para os lados de Mocuripe, ganhou uma avenida, espaçaram-se as construções; e, embora as casas dos ricos se fossem postar atrevidamente no meio da areia que deveria ser só dos banhistas, e atravancassem a vista como se o mar fosse deles — sempre era muito melhor do que aquela promiscuidade que reinava na parte primitiva.

Nessa parte primitiva, contemporâneo dos pioneiros, estava o restaurante do Ramon. Era célebre por suas peixadas, feitas com cavala perna-de-moça. E mais célebre pela sopa de cabeça de peixe, que se tornou uma instituição da cidade. Ocupava o restaurante uma antiga casa de veranista, bem a cavaleiro-do-mar, trepada numa muralha de pedra que as ondas na maré cheia lambiam como um arrecife. As atrizes famosas, os poetas, os pianistas e os próceres políticos de passagem na cidade iam infalivelmente provar da sopa do Ramon. Quando a gente queria comemorar um aniversário, celebrar um encontro entre amigos, onde iria? Jamais além do Ramon. Debalde faziam restaurantes novos no Passeio Público, boates em Pirapora, bares no último andar no Excelsior. Só o que servia era a varanda singela do Ramon, onde se a gente quisesse podia até cuspir os caroços de azeitonas nas ondas do mar salgado.

Veio agora telegrama nos jornais contando que a Praia de Iracema, qual Atlântida cearense, desaparece ante a fúria das águas. Casas de rico, casas de pobre, feias e bonitas sem distinção, calçamento e trilhos de bonde, tudo o mar devora; até parece que enganou a margem e pensa que está em terra de flamengo. Não quis saber de amigos, não pensou em compadres nem comadres — acabou levando também o restaurante do Ramon com suas mesinhas na varanda, sua muralha de pedra e a celebérrima cozinha onde se apurava, misteriosa, a sopa de cabeça-de-peixe.

Ramon poderia ter aberto outro restaurante, ter alugado o *roof* de um arranha-céu (que em Fortaleza já tem disso) e aproveitar sem dó a publicidade que lhe proporcionara o desastre. Mas Ramon era um artista, um homem de coração. Curvou-se ante os deuses, como um herói de Homero; tal como a sua varanda de pedra, não resistiu ao embate e matou-se.

Outra praia há de nascer e outras casas se hão de erguer na nova praia; novas morenas substituirão na areia as antigas — novas morenas e novas ruas, novos prédios, nova vida.

Esquecido será Ramon, que morreu por culpa do mar, como um marinheiro que se afoga junto com o seu navio.

Mas antes que isso aconteça, à cidade que o amava e que ele amava, peço uma saudade para Ramon.

*(08-06-1946)*

## Confissão do engolidor de espadas

Há algumas semanas saiu nesta página um desabafo, uma dessas explosões que rebentam quando a gente não pode mais com a vida nem com o mundo e suas pompas e diz verdades duras que estavam represadas há muito. Verdades que são como enchentes de inverno e aproveitam qualquer fenda na parede do açude, para arrombá-la e libertarem-se. A tal crônica chamava-se "Não escrevam!" e era uma advertência às jovens candidatas ao nosso ingrato ofício, um conselho que largassem de vez as ilusões da pena. Nunca esperei que essa confissão merecesse interesse maior do que o merece a demais matéria semanalmente publicada na nossa última página. Surpresa foi, portanto, a reação dos leitores que em número bem alto vieram protestar contra as declarações desta sua criada. Alguns cavalheiros e damas, evidentemente, alimentam ambições literárias e irrita-os qualquer restrição ao seu otimismo. Outros supõem falsas as palavras da cronista, simples dengo de beletrista que deseja arrancar lisonjas por quaisquer meios. Outros oferecem espontaneamente o seu aplauso e o seu estímulo, em palavras generosas e lisonjeiras. Outros, afinal, falam por simples bondade do coração, porque se acostumaram às conversas desta pobre de Cristo, e aos poucos lhe foram querendo bem; e vendo-a descobrir-se, descobrir suas amarguras e seus fracassos, se enchem de piedade, e procuram animá-la, a poder de bom humor e de amizade. Benza-os Deus, amigos.

Entre essas últimas cartas há uma, por exemplo, escrita de um lugar quase perdido no mapa; o seu autor explica que escreve instalado "na minha barraca de lona armada aqui no sertão Oeste paranaense, onde vou ganhando a vida abrindo picadas, margeando caudais e medindo azimutes. Imagine que para endereçar esta carta terei que transpor uma corredeira e andar légua e meia até a venda mais próxima".

Outro correspondente é um médico da cidade de São Carlos, terra paulista que para mim tem muita importância; foi nessa cidade que um dos meus heróis prediletos, o padre Diogo Antônio Feijó, passou anos da sua trabalhosa mocidade, endurecendo a têmpera de homem e se exercitando nas suas virtudes mais características: o amor da solidão, a pobreza, a coragem.

Ambos esses correspondentes desconhecidos não são literatos nem têm ambições literárias. Nenhum deles procura fazer frases, mas explicam com singeleza e precisão a importância recíproca que podemos ter uns para os outros, exprimem a sua solidariedade e o seu interesse — ouso dizer a gratidão que sentem por nós, os artistas.

"Nós, homens de trabalho, jamais recompensamos os artistas pelo que nos dão de seu; mas a eles é que recorremos nas folgas da luta pela vida, que é sempre árdua, e da qual saímos exaustos, às vezes desiludidos e sempre embrutecidos. Por isso julgo que são os artistas a parte melhor da humanidade."

Aí, nisso é que se enganam, meus caros amigos. Somos humanidade, apenas humanidade; nem melhor, nem pior. E quem sabe, se pior? Pelo menos devemos ser mais deformados, vaidosos, complicados, do que as pessoas comuns. Somos um pouco como o menino-cobra que aprendeu a contorcer o corpo como se não tivesse ossos, ou temos a garganta dilatada como o engolidor de espadas, ou os pés riscados de calos, como a moça do arame. Quanto mais raras e divertidas são as sortes que fazemos, mais caro em sofrimentos, recalques e amarguras isso nos custou.

É conhecido o caso de um bom escritor, homem muito infeliz, de vida interior perturbada, penosa, cheio de complexos os mais torturantes, que produzia abundantemente e era a delícia dos seus numerosos leitores. Um belo dia apareceu-lhe um psicanalista que era um "às" na profissão. Fez um tratamento no escritor, curou-lhe os complexos e as dores de alma. O camarada é hoje um ente normal, pode-se dizer feliz; contudo, nunca mais escreveu nada que prestasse. Ficou bom, curou-se — mas perdeu o encanto...

Contudo, se para nós, os jograis do público, pode haver alguma recompensa, será essa recompensa a amizade de vocês, sua compreensão e o seu carinho. Sabermos que riem não só por troça e choram não só de histerismo. Isso é o que ainda nos faz ir adiante. Na hora de sentar em frente da máquina, são vocês que nos fazem recalcar o recuo enojado ante mais uma funçanata, mais uma exibição semanal. A gente pensa: "Escreve, criatura, escreve. Arranja uma história alegre ou uma história triste, mas escreve. Há aquela senhora de Minas, que precisa esquecer por dez minutos a sua ciática ou o seu mal cardíaco. Há o doutor de São Carlos que trabalhou até a noite, auscultou doentes mal cheirosos, rasgou abcessos, viu uma criança morrer sem lhe poder acudir — e precisa arejar a alma, pensar em coisas de espírito ou coisas de inteligência, para amanhã ter ânimo de voltar à mesma lida, rasgar abcessos e ver morrer crianças. E há ainda o engenheiro que acendeu o lampião de querosene e estirou-se na maca, roído de mosquitos, cansado do mato e saudoso do mundo, vítima do tédio dos instrumentos e dos números que é um dos piores tédios que existem, porque é um tédio mecânico;

ele também precisa de ti, quer ouvir falar de poesia e de arte, ou pelo menos quer ouvir outra voz além da voz dos seus cálculos.

E a gente sente então, pela primeira vez, no vazio da nossa futilidade, que tem um dever a cumprir. Como aqueles artistas que vão dançar e cantar nos acampamentos dos soldados, na linha de frente.

Mas em compensação, não se zanguem, amigos, quando o pelotiqueiro se lamentar um pouco. É que engolir espadas muitas vezes dói.

*(27-07-1946)*

# Desvio de vocação

Esta que passo a contar é história verídica; mesmo porque não costumo andar com mentiras. Se enfeito um pouquinho, é porque o leitor não gosta de uma história nua e crua, exige que a gente lhe ponha as tintas do ofício. O núcleo, porém, é sempre autêntico. Esta de hoje é autêntica até nos enfeites; ou por outra, se houve interferência de quem narra foi antes para podar excrescências técnicas do que para acrescentar ornamentos.

O caso foi que o moço se formou em medicina e viu-se com o canudo na mão e todo o vasto mundo diante de si. Queria ficar rico e ficar sumidade, mas ficar rico vinha em primeiro lugar. Claro, é a ordem natural das coisas.

Com esse propósito, largou-se para o interior, com pouca roupa e alguns livros; aportou numa cidade sertão a dentro — cidade cheia de matutos ricos — alugou quarto no hotel, e foi visitar os colegas locais.

Na faculdade e na prática de acadêmico dedicara-se à clínica médica. E já tinha no fundo da maleta a sua placa de latão, presente de formatura de uma tia, dizendo justamente isso: Dr. Fulano — Clínica Médica.

Eis, porém, que o colega a quem visita logo de saída lhe abalou seriamente a vocação. Clínica? Mas qual! Em clínica você leva cem anos curando impaludismo e mal de cólicas, e o mais que consegue é uma reputação de médico de aldeia, a vinte mil réis a visita. Cirurgia — cirurgia é que é a mina, a fortuna. Abre-se a barriga de um sujeito, tira-se qualquer coisa de dentro — e cobram-se cinco contos, dez contos. Se o doente morre, cobra-se mais, que é por conta da herança.

Visse ele, por exemplo — e o tentador mostrava a sua prosperidade, o terno de linho, o relógio Omega, o sapato arranha-céu — visse ele, já nem sabia mais quantas operações fizera — quantas gastrectomias, quantas hérnias, quantas gastroenteroanastomoses, quantas cesarianas; apendicectomias — isso nem tinha mais conta. Naquele próprio dia faria uma. E convidava o colega a tomar parte na operação, como seu assistente.

Esmagado, convencido, o principiante acompanhou o mestre à casa de saúde, enfiou avental e máscara, e pôs-se ao lado da mesa de operações, discípulo atento a ver aquele ás dos ases a dar as suas sacudidelas na árvore das patacas e da fama.

O homem até parecia um mágico, de mangas arregaçadas, bisturi na mão, olhar veloz. Deu logo o primeiro talho, como quem dá uma penada em fim de carta. Não era desses vagarosos, tímidos operadores que levam descascando o paciente, pelezinha por pelezinha. Só naquele golpe inicial cortara epiderme, derme, panículo adiposo, camada muscular e peritônio, deixando à vista a tripa e mais entranhas. E talho tão fundo como vasto, pois abria de um lado a outro o vazio do operando. O diabo é que o doutor nem pôde enfiar por ele os dois dedos a fim de catar o apêndice, porque a ferida começou a sangrar aos borbotões. O operador metia gaze, compressas e mais compressas, enfiava pinça onde uma pinça coubesse, chegou a esgotar o estoque. E o sangue correndo. Já do apêndice nem se lembrava — e se apêndice houvesse, como o acharia entre tanto sangue e tanto coalho?

Passaram-se alguns minutos — e o homem sangrando. O mestre já gastara quilômetros de gaze, já suara o gorro e já arrancara a máscara ensopada do seu suor de agonia.

Afinal, jogando ao chão uma compressa encharcada, disse para o assistente temeroso: "Fique aqui pondo umas compressas que eu vou ali e já volto." O moço, apavorado mas ainda crente, pensando que aqueles eram os percalços da arte, obedeceu. E entre compressas de gaze e sangue, passaram-se cinco minutos; aos dez o assistente chegou à porta, desorientado, mas não avistou o mestre; o doente, anestesiado apenas da cintura para baixo, já dava sinais de inquietação, compreendendo que faltava alguma coisa. Quando vinte minutos se passaram, e nada do homem voltar, já acabara a ação do anestésico e o operado começou aos berros. O chão já não tinha um lugar limpo, era só pano sujo. Aí o rapaz não pôde mais, abandonou por sua vez a sala de operações e saiu em busca do operador. Correu a pequena casa de saúde de alto a baixo, e nada; na portaria, afinal, disseram-lhe que o doutor fora até em casa, que era perto. Tão aflito estava o pobre que se tocou para a casa do outro, sem nem ao menos vestir o paletó, assim de avental como estava.

Mas ao defrontar a casa, achou a caseira trancando a porta da rua e dizendo que o doutor arrumara os trens numa maleta, selara o cavalo e ganhara a estrada.

O jovem — pobrezinho! — quase caiu para trás. Ainda teve a consciência de voltar à casa de saúde, arrancar as pinças e os algodões, fechar de qualquer jeito com um esparadrapo a barriga do operado que continuava aos urros, em cima da mesa. É verdade que também viera apanhar o paletó, pois como foi dito acima, saíra de avental.

E por sua vez correu ao hotel, por sua vez juntou os trens na maleta — até a placa que já ia ser pregada na porta — alugou um cavalo, pois ainda não ganhara um de seu, como o outro. E está aqui, contando história. Diz que voltou à antiga vocação; não se deu bem com a cirurgia. E nunca achou ou nunca procurou quem lhe contasse o resultado daquela operação.

*(24-08-1946)*

## Mal haver por bem dizer
(Página de polêmica)

Isto é polêmica, sim senhores. Resposta ao Senhor Vão Gôgo, carioca nativo do Méier, diretor de um nobre semanário (cujo nome não cito porque não quero provocar a polícia de repressão ao jogo), o qual senhor em artigo de fundo teve um ataque de xenofobia e veio disputar sobre pátrias, irritado com quem lhe gaba as graças da sua.

Pois é bom saber, mestre Vão Gôgo, que não faço conta de ser da sua terra. Moro aqui de empréstimo, mas sou de longe. Se gabo o pouco daqui que gabos merece, é porque não sou soberba e não cuspo na água onde bebo. Mas confesso que de todo o Distrito Federal, do qual você se orgulha — só tiro para mim esta Ilha do Governador. E explico sem pejo o motivo da exceção: é que a ilha, talvez porque o mar a isola dos maus ares da cidade, talvez por acaso, talvez por favor especial de Deus, na realidade se parece muito com a minha terra. O resto — fique com ele e que lhe faça bom proveito. Copacabana, Leblon e Ipanema, a Cinelândia, a torre da Central e o aeroporto, que me importo? Danem-se. Só me dói um pouco abrir mão de Vila Isabel e de São Cristóvão; a primeira por causa de Noel, o segundo por causa do campo do Vasco e de certas casas velhas de azulejos que há na Rua da Alegria. Esses mesmos, só tenho por eles um afeto distraído de turista; nunca morei lá. E nas cordas da lira de Vão Gôgo estarão muito melhor do que nas minhas — que nem lira tenho, quanto mais cordas.

Ataca você especificamente o cronista de Paquetá que é o meu mestre Vivaldo Coaracy; ataca depois o moço

Franklin de Oliveira, o ilustre Rubem Braga, filho excelso do Cachoeiro de Itapemirim, Estado do Espírito Santo — e igualmente ataca esta sua humilde criada.

Assim recebe a nossa cortesia? Então, supõe em verdade que o ilustre Coaracy ame sinceramente a postiça Paquetá? Paquetá é para ele apenas um mal menor. Veja que é o próprio e brilhante V. Cy que, entre os seus protestos de amor de alienígena amável, insinua habilmente esta perfídia: passarinho, em Paquetá, depende da caridade pública para viver; se não fossem as bandejas de alpiste postas nos quintais, as laranjas de quitanda ofertadas aos volantes amiguinhos, já tinha tudo morrido de fome naquela ilha sáfara... Não lhe acredite pois nos elogios, nas cantatas; são bondades de estrangeiro. Assim como as de um adido de embaixada que louva as nossas montanhas e os nossos ares. No fundo, o que o paulista Coaracy deseja e ama não é a areia grossa da ilha, é a terra roxa do planalto.

Quanto ao Braga, o sutil e lírico Braga, o caso é dúbio. De mim para mim tenho que ele jamais esquecerá o Cachoeiro. Mas talvez sinta igualmente o forte apelo do asfalto. Mas será apenas o apelo deste asfalto, ou de qualquer asfalto no qual pisem homens? Sim, porque o interesse de Braga é pelos homens — pelos homens e pelas mulheres, em qualquer paisagem. Já imaginou acaso Braga solto em Paris? Braga solto em Londres? Diga-me, Senhor Vão Gôgo, já fez ideia do que será Braga bebendo vinho húngaro numa taberna em Budapeste? Aqueles vinhos húngaros que se bebem (ou se bebiam) por hora, com um despertador marcando tempo em frente do freguês? Depois disso, ousaria alguém esperar ver o mirífico, o fugitivo rastro de Braga em terras do Rio de Janeiro? — Concorde pois em que os amores de Braga não contam;

aquele pedido de bolsa para estudar o Rio são lérias; ou talvez ele queira realmente a bolsa — porque ainda ninguém lhe ofereceu Budapeste.

No que a mim diz respeito, confesso que gosto muito da Ilha do Governador, ou antes, amo. Mas por causa desse cheiro provinciano que ela conserva. Por causa do arranjinho da Praça da Freguesia, com sua igreja barroca, que me lembram desesperadamente a igreja e a Praça de Porangaba, antiga Vila de Arronches. Por causa do cineminha endomingado, igual a certos cinemas da minha infância querida que os anos não trazem mais.

Nunca olhei sem desdém as palmeiras da Rua Paissandu. Não quero palmeiras literárias, dai-me os coqueiros e as dunas de Mocuripe. Dai-me cajueiros retorcidos em vez do baobá cretino do Jardim Botânico. Não troco toda a Praça Paris, junto com o Russell e o Flamengo, já não digo pela Praça do Ferreira — isso nunca! — mas nem sequer pelo cemitério de Fortaleza. Por falar nisso, que cemitério, amigo Vão, que cemitério! Tão triste e tão diferente. O da Cacuia, aqui na ilha, parece um pouco com ele, mas só de longe. Todo branco de chão amarelo, e uns tumulozinhos tão alvos e uns ciprestes aqui e ali — tão lindos! A mão direita passa o trem, apitando, para os mortos não estranharem o barulho das trombetas, no dia do Juízo Final. O sino da capelinha é brando como uma sineta de convento. As velhas de preto, trazendo aos ombros a fita vermelha do apostolado da Oração, se espalham pelas sepulturas rezando o bendito das almas. E quando batem as seis horas, o coveiro-zelador fica segurando o portão, para fechar, enquanto elas saem e dão boa-noite. Alguma até recomenda os estefanotes em flor da cova do seu defuntinho. O sol então se põe sem luxos, sem apoteose — se esconde por trás do Arraial Moura Brasil, e pronto.

Nas noites de Finados acendem lâmpadas coloridas, formando grinaldas entre as lápides. As senhoras trazem cadeiras, comem biscoitos, tiram ladainhas. Os viúvos inconsoláveis, todos de preto, abrem a porta das capelas, alcovas floridas da amada morta. As moças e os moços passeiam de mãos dadas pelas avenidas e conversam de amores, num alvoroço sentimental meio necrófilo. Na cova rasa do frade santo ardem cem velas e correm regatos de espermacete líquida, sujando as saias das beatas ajoelhadas no saibro, ao redor. O calvário de bronze dos Albanos parece um calvário de verdade, negro e espectral em meio à claridade de quermesse. Ai, que cemitério, Vão Gôgo, que cemitério. Me lembrando dele, resolvo até desistir do terreno que já escolhi numa alameda ensolarada da Cacuia. Fique-se com o seu Rio, amigo. Esta terra ingrata não terá meus ossos.

*(02-11-1946)*

# Antiquários

Podem dizer que tenho parcialidade pelos judeus, e creio que é verdade. Neste mundo hostil, em que tantos se põem contra eles, não serão demais alguns poucos que se lhes mostrem favoráveis. Mas agora não vamos tratar de judeus especialmente, mas apenas de um ramo comercial a que eles se dedicam com notável interesse: o comércio das antiguidades.

A cidade inteira, de uns anos para cá, se encheu de antiquários, ou lojas de *bric-à-brac*, como se dizia nos tempos de Fradique Mendes. Objetos profusamente heterogêneos, que vão do mais bonito ao mais horrendo, enchem prateleiras e vitrinas, e é necessário ter um olho muito afiado de *connoisseur* para distinguir o bom do ruim naquela confusão — muitas vezes proposital — de autênticas e falsas preciosidades.

Uma enorme porcentagem dos donos dessas lojas é composta de judeus; e é comum acusarem-se os nossos judeus antiquários de estarem *acabando* com todas as raridades do tempo da colônia e do império; de que, por culpa da ganância dos "gringos", já não resta nas antigas famílias um prato, uma arca, uma salva de prata, uma papeleira de jacarandá. Foi tudo comprado por bagatela e vendido aos novos ricos por contos e contos de réis.

A verdade é bem outra. As antigas famílias que vêm guardando preciosamente as suas relíquias não se desfizeram delas. Ou, quando se desfazem, seduzidas pela atual valorização (provocada, aliás, pelos antiquários) fazem-no a muito bom preço. Jamais os compradores de antigualhas conseguiram pôr as mãos nesses jacarandás, nessas porcelanas ou cristais, cujo valor os donos conhecem muitíssimo bem, quando os não superestimam, juntando ao preço real da peça o seu valor sentimental, somada à porcentagem "de amor próprio" que o dono sempre acrescenta ao que é seu. O que os comerciantes de antiguidades fizeram foi praticamente tirar a sua mercadoria do nada. Saíam por aí, a princípio pelos bairros velhos da cidade, depois pelos subúrbios e por fim se metendo por esses sertões de meu Deus, em Minas, Estado do Rio, Bahia; desencavavam aí, nos sótãos dos sobrados, nos porões das casas de moradia, nos refugos de barracões de fundos de quintal e até nos galinheiros servindo de poleiro aos frangos, as velhas peças de jacarandá e vinhático às quais ninguém dava valor, e que marchavam para uma destruição rápida, como efetivamente muitíssima coisa — tesouros — se destruiu assim. Precisou que aparecesse o judeu antiquário para discernir sob as camadas de tinta grossa, de verniz preto, ou simplesmente de poeira e sujo o velho e nobre jacarandá, "madeira escravocrata", como a chamava um conhecido meu, e saborosamente definida no dicionário de Morais: "*Jacarandá s.m. — é madeira brasílica, rija, algum tanto aromática; a madeira é preta, talvez com suas veyas arroixadas, ou branca; serve para fazer móveis de casa, grades; para cobrir madeira ordinária, fazendo-a em lâminas, e para marchetar*".

De canivete na mão para raspar o zarcão ou a sujeira, às vezes de lente para verificar um contraste, foram os nossos judeus identificando louça e prataria, camas desmanteladas, sofás sem pernas e sem palhinha (às vezes com uma tábua de caixote servindo de assento), velhos oratórios descidos da sua função religiosa, tocheiros lavrados, encostados como trastes velhos nas sacristias e substituídos nos altares por modernos castiçais de imitação, desses que têm lâmpadas elétricas servindo de chama e volutas e grinaldas de gosto *art nouveau*. Preciosa louça da China desparelhada e desbeiçada servindo no uso diário (como uma que eu vi numa pensão de beira de linha, na qual se dava o almoço do trem). Lampiões de porcelana; santos veneráveis, obras-primas de algum santeiro anônimo, Nossas Senhoras de olho fundo e pregas rijas no manto, S. Miguéis desproporcionados de cabeça grande e corpo curto, que os vigários de coração simples mandavam trocar por imagens de gesso colorido de Santa Terezinha do Coração de Jesus. Isso quando não queimavam os santos de pau num piedoso auto de fé, como o fez certo vigário com os santos da capela da fazenda de minha avó; dizia o padre, talvez com fundamento, que "uns santos feios daqueles não serviam de devoção, serviam de mangação". Tinham mais de cem anos e nunca vi outros iguais a eles.

E desse modo os judeus antiquários salvaram do fogo ou do bicho tanta coisa preciosa. Criaram praticamente o mercado de antiguidades, pois antes deles só alguns poucos colecionadores se interessavam pelas nossas velharias. Mostrou-me uma vez um antiquário uma preciosa marquesa por ele descoberta no Estado do Rio. Os espaldares de jacarandá, bem como as travessas laterais, estava tudo coberto com uma camada grossa de tinta amarela; o dono da casa custou, entretanto, a consentir em vendê-las porque no momento lhe eram muito úteis, servindo de grade no chiqueiro dos bacorinhos. Deixou-se seduzir afinal quando viu a nota de cem mil réis.

E falando nesses cem mil réis, chega-se à grande acusação: que os judeus pagam uma ninharia pelo que adquirem e cobram uma fortuna do comprador. Mas há várias atenuantes para isso. Primeiro, se é verdade que eles pagam preço vil pelo artigo, é porque os próprios donos o depreciaram, arruinaram. E quem então oferecia mais? Hoje essa era do preço vil já passou e no mais escondido vilarejo de Goiás já chegou a notícia de que uma peça de jacarandá é o mesmo que ouro em pó. Até exageram. Depois de reparadas e postas à venda, são as antiguidades, por definição, artigos de luxo. Só os ricos as compram. O pobre ou remediado que deseja uma cadeira, deseja especificamente a máquina de sentar, sólida, cômoda e barata. O grã-fino que se pode dar ao luxo de possuir a peça de museu — em geral frágil, nem sempre cômoda e de utilidade incerta — que mal faz que pague caro? Porque lamentar que se ponha em circulação o dinheiro dos ricos? Será melhor que fique guardado nos bancos, produzindo novas ninhadas de dinheiro, como ratos? Acompanhemos o itinerário daquela marquesa, por exemplo. Do chiqueiro foi levada para o trem, e chegou à oficina; lá passou pelo banho de soda cáustica, pela mão de lixa; reconstituíram--lhe com perícia as peças danificadas, foi-lhe refeito o lastro de palhinha do qual já nem havia notícia; puseram-lhe ferragem de armar nova e cara, de acordo com a nobre peça. Lustraram-na, arrumaram-na e finalmente foi posta à venda por alguns contos de réis. A grã-fina que a comprou deu gritos de satisfação pois aquela era justamente a marquesa dos seus sonhos. Está num palacete da Gávea, como em vitrina, devidamente preservada para as gerações futuras e decerto acabará num museu, não só porque a peça o merece, mas porque o dono é vaidoso e gostará de figurar nos catálogos.

Quem proporcionou, portanto, a preciosidade ao amador ou estudioso de daqui a cem ou cinquenta anos? O obscuro judeu que ao sol e à chuva garimpando antigualhas descobriu na lama aquela joia enxovalhada, dando-lhe vida, ambiente, valor. Sua obra de criação foi quase tão completa quanto à do artesão mulato que lavrou a talha no jacarandá bruto. Dir-se-á que a peça já existia quando o judeu a descobriu. Mas dispersa, envelhecida, irreconhecível — e em perigo iminente de destruição. As palavras também existem nos dicionários, mas se não for a mão do artista que as arranja, que serão elas? Assim as tintas nos tubos, a música nos instrumentos. E os velhos jacarandás esquecidos, mutilados. Nasceram outra vez. E tão bem aprenderam o ofício de os criar, os meus caros antiquários, que, dizem, os filhos da candinha, já existem oficinas onde os móveis antigos são totalmente recriados do pé ao topo, e tão parecidos, tão "autênticos" que chegam a ter buracos de bicho e cheiro de mofo...

*(09-11-1946)*

## Casamento na rua Dezoito

Teve casamento, hoje, na rua Dezoito. A noiva botou vestido de "moirê", grinalda de flor de veludo, véu de renda e buquê natural de copos de leite. Mas na hora de subir ao carro o pé, escondido pela saia longa, errou o estribo; a pobre noiva perdeu o equilíbrio e foi cair de joelhos na poça de lama no chão, pois a rua Dezoito ainda não tem asfalto, é barro puro.

Por causa desse tombo, quase não houve casamento. Calculem, aquele trajo de noiva completo custara bem uns mil cruzeiros na Casa Matias, ou no Mandarim, nem sei mais. Tudo agora enlameado, tudo vermelho. O barro é dum encarnado medonho, parece zarcão; o povo da terra até o emprega para pintar as cozinhas.

A mãe da noiva, quando viu o estrago, botou a mão no peito e deu um ataque. Se não a segurassem logo lá se afundava na lama o outro vestido de seda — e esse era de crepe pele de anjo, com drapeado e godê na saia.

O pai, muito branco, segurando a porta do automóvel, dizia:

— Andem, acabem com tudo, enlameiem tudo! Pensam que eu sou dono da Caixa Econômica!

Natural que se aborrecesse, coitado. Vira-se obrigado a fazer um empréstimo, que ia passar cinco anos pagando, a fim de comprar o enxoval, os vestidos, a colcha do dia toda de cetim azul, os doces na confeitaria, a cerveja, o automóvel... Quando a mãe tornou a si, a noiva pôde queixar-se:

— Não vou me casar neste estado.

E uma vizinha engraçada maldou logo:

— Que estado, menina, tu estás em algum estado?

A pobrezinha, tão desesperada se sentia que nem entendeu o veneno. Bradou num soluço:

— Neste estado de lama!

Foi uma dificuldade conseguirem que o chofer esperasse mais um pouco. Dizia ele que tinha outro casamento tratado para as seis horas, e já passava das cinco. E quando argumentaram que até o padre teria de esperar quanto mais ele, o homem ainda teve saída:

— O padre pode esperar, que não trabalha por hora. Mas eu trabalho!

Afinal o foram abrandando, e chegaram a lhe trazer uma garrafa de cerveja que só era para ser bebida por ocasião dos brindes, depois do casamento. Mas aquele motorista era mesmo um sujeito muitíssimo mal-educado porque devolveu o copo logo ao primeiro gole, dizendo que cerveja morna era um veneno para o seu fígado. Como se em casa de pobre fosse obrigado a ter geladeira.

Não tinha geladeira nem tinha ferro elétrico e por isso, enquanto algumas das mulheres passavam um pano molhado na saia maculada na noiva, a mãe teve de arregaçar as mangas apertadas do seu vestido cor de lilás e foi botar brasa no ferro. A ideia tinha sido primeiro tornar a despir a noiva para fazer a limpeza direito. Mas para o vestido sair pela cabeça teria que mexer no penteado cheio de bucles, duros e arrumados como uvas no cacho, arranjados demoradamente no cabelo esticado de véspera, num salão da Avenida Passos. E por cima dos bucles ainda estavam presos a grinalda, o véu. Não, era impossível mexer no vestido. Limparam pois como puderam, e na hora de enxugar chegaram a noiva à mesa do engomado, levantaram a saia comprida e assim mesmo foi passado o pano. Claro que não ficou grande coisa. A mancha desmerecera, mas não largara. Mal comparando, como falou novamente a vizinha engraçada, parecia até que a noiva já andava com menino novo ao colo...

A moça, com o olhar distante, deixava que as mulheres trabalhassem nas suas saias. Mas quando todas se afastaram, a fim de contemplarem o efeito, e ela avistou a infame mancha amarela nas suas sedas virginais, rompeu em pranto e declarou que daquele jeito não se casava.

O noivo, que já estava nervoso e irritado com a espera e com o trabalho de abrandar o chofer, apareceu na cozinha justamente naquele momento e, como se apanhasse na frase da prometida a sua deixa de entrada de cena, declarou:

— Afinal, você vai se casar comigo ou com a porcaria desse vestido?

A moça soltou um grito:

— Está vendo, mamãe? Ele também está dizendo que o vestido ficou uma porcaria.

Mas a mãe, já sogra, interveio com o ferro quente na mão:

— O que estou vendo é que ele está sendo um malcriadão, com essa conversa de porcaria. Se começa com palavreado antes do casamento, que não fará depois, meu Deus!

Mas o eco da apóstrofe perdeu-se, porque o motorista, em desespero de causa, vendo que perdia mesmo o casamento das seis horas, danou-se a tocar buzina sem parar. Veio o pai, vieram os tios, os homens todos, rodearam a noiva e a sogra e foi tudo arrastado para o carro.

A madrinha, por detrás da noiva, dizia para a consolar:

—Você põe o buquê na frente, criatura. Assim disfarça.

E o carro deu marcha, atravessou as ruas como uma bala, nem parecia cortejo de casamento. Os convidados que tinham ido na frente, de bonde, já estavam inquietos, calculando mesmo que acontecera alguma coisa. O padre já mandara perguntar duas vezes se o pessoal vinha ou não vinha.

E na hora de caminharem para o altar, o pai, que dava o braço à filha, homem severo e de respeito, rosnou para ela em voz baixa:

— Pare com esse negócio de esconder o corpo com o buquê. Olhe que o povo é capaz de pensar que você está tapando alguma vergonha. Filha minha não casa atrapalhada.

A pobrezinha descaiu o buquê no braço, mordeu o beiço e chegou ao altar chorando. O noivo, que também estava furioso desde a história do malcriadão, ainda amarrou mais a cara quando viu aquelas lágrimas.

Quase ninguém ouviu o "sim" que eles deram ao padre. A fala saiu engolida, sumida, num pelo ódio, na outra pelo choro.

Mas com "sim" alto ou "sim" baixo, casados ficaram do mesmo jeito; o órgão tocou a marcha nupcial quando os dois atravessaram a nave, de saída. E a noiva, como já não estava de braço com o pai e vinha agora no poder do marido, tapou mesmo a saia manchada com o buquê.

Receberam os abraços e entraram no automóvel sem um sorriso.

E quando saltaram na porta de casa, a recém-casada se deixou cair nos braços da madrinha e declarou só para ela, mas de jeito que todos o ouvissem:

— Para mim este casamento está estragado desde o começo.

Agora a rua Dezoito inteira, e eu, e todos, estamos na expectativa: como se revelará o estrago? Qual é a tenção da noiva? A lua de mel, entretanto, vai correndo sem novidade.

*(30-11-1946)*

## Um primo e um livro

Parece que cada dia as coisas vão ficando mais conhecidas, mais sem surpresa. O mundo anda cheio de prodígios, e, contudo, o homem não quer mais prodígios: boceja de tédio ante todas as maravilhas e pede, como o outro, para ver *algo nuevo*. Pois felicitai-me, que num dia só tive duas surpresas felizes: descobri um livro e descobri um primo.

Talvez alguém vá dizer que não há novidade em livros nem em primos. Mas é que tudo depende da qualidade. E no caso em apreço livro e primo são raridades preciosas, sendo ainda mais que é o primo o autor do livro.

Vamos primeiro ao primo, o que dito assim vem a ser um pleonasmo, pois primo quer dizer primeiro. Mas vamos ao primo. Não é engraçada a ideia de se pensar que há espalhados não só em terra nossa como em terra estrangeira pessoas desconhecidas, das quais nunca tivemos notícias, nem mesmo sabemos o nome, que têm nas veias o nosso sangue, e falando e andando usam vozes e gestos idênticos aos nossos, ou que têm o nosso nariz, o nosso ondeado de cabelo, ou a nossa idiossincrasia por pimenta de cheiro... Não é estranho? Porque os parentes já identificados são entidades conhecidas e deixam de interessar. Mas o parente ignorado até faz um certo receio. Imagine-se se fosse eu à cidade de Juiz de Fora — que não conheço senão de nome e fama — e visse passando pela rua um senhor jamais visto antes, mas no qual sentiria qualquer coisa familiar. O andar, um cacoete, uma feição. Mas que poderia eu ter de familiar com um passeante da rua Halfeld, onde jamais pusera meus pés? Seria um desses mistérios do espiritismo e ali estaria encontrando um amigo de passadas encarnações? E quando eu já estivesse sentindo um pouco de medo, porque a verdade é que não gosto de mistérios, alguém me diria o nome do senhor em questão — e diante do nome eu identificava o primo. Ora veja! Ali, em plenas Alterosas, trazido por ignorada emigração, estava o neto de um avô ou bisavô comum, traço de união da terra que eu nunca vira com as margens da lagoa de Mecejana, onde costumavam nascer os Alencar. Sim, o primo chama-se Alencar, Gilberto de Alencar. Não sabiam que também tenho direito de usar Alencar no sobrenome? Não o uso porque sou mesmo uma modesta violeta. Mas posso. E tanto eu como o meu primo Gilberto somos parentes muito próximos do *Guarani*, de *Iracema* e de *Lucíola*. Nossa vovó Miliquinha, que eu ainda conheci, escutou, na roda de primas, a leitura do *Guarani*, feita pelo romancista em pessoa, à medida que ia terminando os capítulos. Diz que no primeiro original Ceci e Peri morriam no incêndio da casa de fazenda. Mas as primas choraram tanto, fizeram tal alarido com pena dos namorados que o primo José teve que arranjar um *happy end*; por isso inventou a enchente, a palmeira, o feito hercúleo do índio. Depois os entendidos ficaram dizendo que o autor deliberadamente dera ao par um destino alegórico, baseado na lenda de Tamandaré. Pode ser; mas nesse caso a alegoria foi empregada apenas para consolar o choro das primas.

Falemos agora do livro do meu novo primo: chama-se *Memórias sem malícia de Gudesteu Rodavalho*. Não sei se por causa do parentesco — mas creio que não —, o fato é que essas memórias souberam-me maravilhosamente. Falei que são memórias porque assim as chama o autor; mas a intenção de quem as fez foi de romance e não sei se a realizou; pois saíram umas memórias tão aparentemente genuínas, que a gente tomaria o livro por nada mais que autobiográfico. E quanta coisa deliciosa que elas contam! Lembraram-me outro livro, lido há algum tempo com enorme prazer: *Minha vida de menina*, de Helena Morley. O cenário é quase o mesmo: as pequenas cidades do Estado de Minas. A época também mais ou menos idêntica — a penúltima e última década do século passado. E o colorido de autenticidade o mesmo, a mesma despretensão de narrativa, o mesmo desdém pelos grandes efeitos cênicos. A linguagem é que varia, porque a da moça Helena é mais desataviada e corredia, enquanto a do primo Gilberto tem fatura artística excelente e está dentro da melhor tradição machadiana.

Disse antes que talvez não seja o livro um romance. Mas é. Um romance sem acontecimentos, talvez, mas romance. A história de um homem que pensou que a vida esperasse por ele e que, após cumprir o que considerava o seu dever, viu, ao "emergir do túnel", que perdera o trem: a vida tocara para diante, e ele se achava sozinho na estação vazia. Vira-se para um lado, vira-se para o outro, procura as marcas da infância, da adolescência e da mocidade que fora traçando com tanto cuidado, mas viu que mão estranha as apagara. Nada mais restava, só ele. E num tal desamparo e solidão se encontra que planeja mandar pôr no jornal o seguinte anúncio:

"*Pequeno-burguês casado, à beira dos sessenta anos, instruído, dispondo de recursos, aspirando viver o que lhe resta à moda de 1898, ou por aí assim, gostaria de entrar em entendimento com pessoas que se encontrem nas mesmas condições, isto é, que também tenham alguma coisa de seu, possuam alguma cultura e desejem ir terminar os seus dias num povoado do interior do país, onde haja porta de farmácia para as longas conversas de calçada, ausência de iluminação capaz de atrapalhar o luar nas ruas, tardes plácidas, horas vagarosas e notícias do planeta apenas pelo jornal do rio, se possível dia sim, dia não, para dar tempo de comentar. também se pode ter em vista como diversão suplementar a bisca de quatro, com o tento a duzentos réis no máximo."*

Sabe, primo, não ponha o anúncio. Venha primeiro conhecer como são as coisas aqui na ilha onde moro. Isto por cá é uma espécie de refúgio, e talvez lhe servisse muito bem. Aqui ainda cultivamos muitos desses prazeres antiquados que a mocidade atual desconhece. Pesca de caniço, bate-papo inocente na farmácia ou no botequim. Briga-se por política, vai-se esperar a barca que traz os jornais, quase como no seu Carandaí se ia esperar o trem expresso do Rio. Sei que há diferenças, mas não são muitas, nem chocantes. Se não se joga a bisca de quatro, como você sugere, joga-se xadrez, damas, gamão. Empresta-se jornal ao vizinho, discutem-se as novidades. Tem festa de igreja com procissão, anjos, novena e barraquinhas de sortes. Tem sessões espíritas muito animadas. O velho Solidônio Rodovalho, se trouxesse para cá a sua alfaiataria com a tabuleta desbotada da "Tesoura Fiel", dar-se-ia muito bem. Queria que você visse as rodas de conversa que se formam nos bancos da praia do Cocotá, à sombra das amendoeiras, ou à porta do botequim do seu Pinto, vizinho ao açougue de seu Álvaro. Queria que visse como é animada, inteligente e desinteressada a palestra no estabelecimento do nosso amigo Cajueiro, juntinho à farmácia, na Freguesia.

Verdade, verdade que há zonas sofisticadas e há veranistas. São a praga do século. Mas afinal de contas não são a maioria; e a gente pode ignorar umas e outros e viver feliz. Venha ver a ilha, primo!

*(28-12-1946)*

# CHUVA

Como chove neste Rio. Chuva miúda, chuva graúda, chuva inimiga, fria e molesta, que traz doença, catarro de peito, constipação da cabeça, tísica. Na cidade o asfalto parece um rio preto e aqui o barro vermelho vira uma lama pegajosa que mal comparando lembra até lama de sangue. A ilha, embebida de chuva, dá a impressão de que vai se derreter dentro do mar como um torrão de açúcar.

E a gente pede a Deus misericórdia, implorando que a chuva pare. Quem havia de dizer, cearense sem querer mais chuva. São coisas que acontecem a quem sai da sua terra e vai penar por terra alheia. Renegar o que adorou, e até chuva achar ruim — chuva, bênção do céu. Ai, se no Ceará não fosse o povo tão católico, devoto de S. Francisco de Canindé e temente do bispo, se no Ceará tivesse lugar para pagão, na certa esses pagãos se dedicariam não a adorar o sol, nem a lua, nem o mar, nem as florestas que lá nunca houve, iriam adorar a chuva nossa madrinha, criadeira e benfeitora, salvação dos homens, dos bichos e das plantas. E assim mesmo, de certa maneira disfarçada, bem que temos o nosso culto da chuva. As procissões pedindo chuva, os grandes comícios religiosos no dia de S. José, que é o último dia do calendário no qual ainda se permite uma esperança de inverno. Se não vêm as águas até 19 de março, então adeus, até para o ano. E as casas de campo com o seu pluviômetro em lugar da imagem de santo, ao oitão. E os homens acocorados no alpendre, nas fazendas, noites inteiras, como se rezassem — e não rezam, mesmo? — esperando o sinal do céu, o relâmpago.

Por causa desta chuva sem fim daqui (e o que mais me irrita nela é o desperdício: ninguém a quer, todos a maldizem), mas por causa dessa chuva, sofri esta noite um susto horrível.

O caso é que sempre tive medo desesperado de submarinos. Só a ideia de entrar num submarino me arrepia; e, engraçado, na infância, um dos meus heróis prediletos foi o capitão Nemo, do "Nautilus". Nas águas do açude do Junco, escondido debaixo de uma lapa de pedra, guardava eu um tronco de mulungu, com a vaga forma dum submarino, ao qual batizara de "Nautilus II". E durante o banho de açude, enquanto as outras crianças faziam molecada na água rasa, dando cangapé e apanhando galinha gorda, saía eu disfarçada, ia desancorar o "Nautilus" do seu esconderijo "ilha misteriosa" e saía para o fundo, empurrando o meu submarino entre duas águas, eu servindo-lhe de motor e ele me servindo de boia salva-vidas. Tivemos assim estranhas aventuras, inclusive apanhamos na represa um carregamento de intãs que são conchas negras por fora e madrepérola cintilante por dentro e viraram naquela hora o tesouro afundado do galeão espanhol. Combatemos piratas e ingleses, matamos gente que era um horror. E nenhum dos meninos entendia o meu triunfo, a minha fadiga, quando chegava das expedições, arquejando misteriosa, empurrando diante de mim o "Nautilus II", que navegava à superfície com a proa coroada de flores de água-pé.

Pois a despeito disso ou por causa disso (que pena, mas não entendo nada acerca do desenvolvimento dos complexos infantis) o fato é que, crescendo, criei um grande terror mórbido por submarinos. A ideia de afundar debaixo de água dentro daquele cilindro de ferro, o cheiro de óleo queimado, o abafamento que deve reinar lá dentro

— só de pensar tenho arrepios. Lembram-se os amigos daquele naufrágio do "Squalus"? Dias e dias um punhado de homens ficou a morrer lentamente, presos no submarino afundado, acompanhados pelo interesse ansioso do mundo inteiro. "Squalus" quase me matou de aflição. Logo depois veio a guerra — e bem creio que o meu horror fundamental pelas guerras modernas decorre principalmente da ideia dos homens que morrem engavetados no fundo do mar; cair do céu num avião em chamas, morrer afogado mas *solto na água*, morrer de bombardeio, de tiro, de lança-chamas, nada disso é comparável com a morte sem fôlego no ventre da máquina medonha.

Pois esta noite, no meio da chuva ininterrupta, tive o pesadelo de que estava presa num submarino, que se afundava, desarvorado. E o submarino havia de ser o "Nautilus", pois pela sua característica vidraça de cristal grosso avistava-se a água verde do mar e, mais longe, o olho fosforescente de um bicho negro das profundezas. Daqueles bichos que ninguém vira antes e que o professor Aronax classificava pedantemente para o Capitão Nemo. Eu suava frio, me debatia e gritava em vão, que a voz não saía da boca. Tanto foi o pavor que acordei, sentei-me na cama — e ó horror três vezes maior. Não era sonho, *era verdade*! Lá estava a água a escorrer do cristal, o marulho do mar, o olho luminoso do monstro submarino. Dizer que morri de medo é pouco, porque não era só medo, era um amolecimento geral do corpo e da alma. Só aos poucos, devagarinho, me dissolvendo num suor frio, é que fui identificando as coisas: a vigia do submarino era a janela do quarto, a água verde do mar era a chuva que pelo vidro escorria, e o olho pavoroso do bicho era o globo de luz da rua. Luz de mau agouro, por sinal. Nas noites limpas é em torno dela que se reúnem todos os garotos da redondeza, num ensaio infernal de cuícas, apitos, latas, caixas e pandeiros, do seu bloco de sujos. E em dia de chuva vira assombração, se transformando naquele olho ciclópico de besta marinha.

*(08-02-1947)*

## Passarinho cantador

Passarinho cantador veio voando de longe. Lá de cima descaiu, viu o galho de goiabeira com a goiaba madura, peneirou e desceu em pique. Pousou no galho, beliscou a fruta, deu dois trinados bem alto e saiu atrás do companheiro.

Na janela estava a moça do cabelo ruivo. Pensava aos seus amores e escutando o passarinho deu um suspiro sentido e gemeu: Ai que saudades que eu tenho.

Podia ter continuado: ai que saudades que eu tenho da aurora da minha vida. Mas, coitadinha, não era dos oito anos nem da aurora da sua vida que ela sentia saudades, e sim de um meio dia quente de verão, das amendoeiras na praia, de um banco de cimento e de um tenente.

Pobre mocinha, sentida, consumida de saudade, chega a chorar na janela.

Ai, tenente que embarcaste. Ou embarcaste ou sumiste.

Tenente vestiu a farda garance, engraxou os talabartes, botou o quepe de lado, frechou o olhar verde-mar.

A mocinha do cabelo ruivo estava no oitão da sua casa, trajada de vestido branco. E vendo a farda garance, e vendo o quepe de lado, e vendo o olhar verde-mar, saiu como quem não quer querendo e foi sentar com ar de fastio no banco debaixo da amendoeira grande, e lá ficou, cismadora, com os olhos na água do cais.

Tenente fez continência, perguntou se incomodava. A moça deu um Muxoxo, e disse: "Oxente, não pago aluguel do banco."

Tenente, moço tão fino, agradeceu a licença, bateu com o lenço no banco por amor de não empoeirar a farda garance, sentou-se, cruzou as pernas, e falou que não tinha se referido só ao banco; referira-se ao coração também. Que ela assim à beira-mar só parecia que tinha vindo arejar tristezas e longe dele a ousadia de perturbar a meditação de jovem tão bela.

A mocinha do cabelo ruivo mostrou pela primeira vez o seu sorriso, disse que bela não era, mas triste, com efeito, estava. O mar, sendo também triste, por isso é bom companheiro.

Então, tornou o tenente, bem, na verdade o mar, sim o mar...

Ai, o mar.

Mas para a moça o pior do mar era em relação ao tenente, pois digo e repito que ele tinha o olhar verde-mar, e ali junto, comparando... Quem diria? A mocinha esqueceu tristezas, deu um suspiro fundíssimo e o mais que soube dizer foi igualmente o mar, sim o mar. Ai o mar.

Daí por diante ficaram calados e com pouco mais a mocinha consentira que o tenente segurasse a sua mão.

★★★

Isso já faz muito tempo. Por duas vezes os garis da Prefeitura vieram com os seus serrotes e a amendoeira foi podada. Tenente deixou de vir. O banco é que não mudava e nele todas as tardes vinha sentar-se a mocinha com o seu cabelo ruivo não mais solto pelos ombros, mas todo enrolado em cachos. E ora aparecia um fuzileiro, ora chegava um paisano; ora atleta de calção; tenente nunca mais veio.

Diz que embarcou, foi para o norte. Outros dizem que foi para o sul, no trem internacional. Ai que tenente malino. E hoje o mar pode crescer, pode minguar com a maré, pode se assanhar em ressaca, mocinha desvia os olhos, que mar castanho, amarelo, cinzento, roxo, oleoso, só não é mais verde-mar!

Do oitão da sua casa a moça do cabelo ruivo suspira debruçada à janela. Passarinho cantador torna a pousar no galho da goiabeira, dá dois trinados penosos. Logo vem o companheiro, partilham ambos da fruta toda amarela por fora, toda vermelha por dentro. Depois começam um namoro. E a mocinha – ai, mocinha, que vida triste, que mundo tão desigual! Mocinha afasta o seu rosto. Mas não pode afastar o ouvido. Passarinho cantador, amando na goiabeira, canta que é um desadoro.

Mocinha bate a janela. Assim também é demais.

*(22-03-1947)*

## Pavão real

A gente ia por um caminho quando deu fé, tinha diante de si um pavão: passeava majestoso na grama verde-garrafa e, vendo que chegava assistência, foi desdobrando a cauda, pena por pena, com o gesto de quem soltasse de uma em uma um bando de borboletas, cada qual da sua cor.

Pessoa que ia no automóvel a meu lado, vendo o suspiro que eu dava, tirou o pé do acelerador, puxou o freio de mão e soltou um suspiro também:

— Senhor, que bicho bonito!

Depois, vendo a cobiça no olhar da companheira, ofereceu:

— Se quiser, bem, compro um pavão pra você.

Sorri com tristeza. A vida do homem de hoje é tão mesquinha que para um de nós querer possuir um pavão é desejo tão frívolo e impossível quanto querer um cometa. E, assim, respondi como pude ao oferecimento:

— Não, deixa o pavão no parque. Pavão precisa de parque, e quem tem parque é o governo. Que é que a gente ia fazer com um pavão lá em casa? Só se botasse no galinheiro.

O pé voltou ao acelerador, o carro tornou a andar, o pavão continuou se exibindo na grama, debaixo do pé de casuarina, de leque aberto e deslizando em passo de noiva.

Falei aquilo por falar, mas só Deus sabe como quis ser dona daquele pavão. Talvez tenha sido a coisa que mais desejei neste mundo. Tão bonito, tão lustroso, tão imperial, com aquela cabeça coroada, o manto de rei de maracatu.

Se eu tivesse um pavão ensinado, saía com ele pela rua, preso por uma fita cor de prata, com um anel dourado na perna. E pintava os pés dele com esmalte magenta, que tem reflexos cor de violeta. Passeava com ele pela praia de Copacabana e fazia o meu pavão ensinado cumprimentar as pessoas conhecidas com um abrir e fechar de cauda, como uma dama com o seu leque de plumas num salão de baile. Punha no meu pavão o nome de Violante.

— Escuta, Violante, lá vem minha amiga dona Julinha no seu maiô cor de sangue.

Violante raspava o chão com a cauda para a esquerda e para a direita e depois nós dois saíamos, gozando a admiração dos banhistas, e seguidos dum batalhão de moleques como se nós fôssemos banda de música.

Pavão meu ensinado não comia milho nem bichinho no chão. Só comia cigarra, libélula, mosca azul e peixinho dourado de aquário. E quando quisesse grão, comia bago de romã e semente de girassol que é tão usada nos romances russos.

De noite punha Violante para dormir no pé de laranjeira em flor. Dava banho nele no poço de água gelada, que vem de quatro nascentes.

Fazia papagaio de papel de todas as cores para Violante brincar com eles. Pedia emprestada a arara de nosso amigo Ricardo para Violante namorar. E comprava um álbum para guardar retratos de Violante em todas as poses, em filme kodachrome.

E por fim, no triste dia em que Violante morresse, enrolava-o numa mortalha de papel celofane, toda debruada de café de chocolate, esperava a maré rasa, abria uma cova na areia e lá deixava Violante para que o mar o cobrisse.

*(12-04-1947)*

# O PIANO DE CAUDA

A história começou há muitos anos, quando ele era ainda rapaz de entregas e foi levar um terno da tinturaria naquele palacete em Botafogo. A criada nova, inexperiente, em vez de o mandar para os fundos, à entrada de serviço, abriu a porta da frente e fê-lo ficar esperando pelo cabide no vestíbulo que dava para o salão: assim se chamava a grande sala em estilo Luís XV, toda branco, ouro e azul. E os olhos do pequeno se fixaram logo no piano de cauda que a porta aberta nos dois batentes deixava ver com largueza — luzente de verniz, coberto a meio por um xale de franjas e ornado de um *cache-pot* de porcelana, com uma rica begônia artificial, prodigiosamente imitada, toda em cetim.

Mas não teve tempo de contemplar a seu gosto aquela maravilha — e muito menos as outras maravilhas da sala, as cortinas de seda *brochée*, os porta-bibelôs carregados de figurinhas de biscuit, o estofo azul adamascado das cadeiras de pernas delgadas, o tapete rico do chão. Madame descia a escada arrastando atrás de si a saia imensa de um quimono de veludo, viu o pequeno tintureiro, franziu o cenho, e ralhou com a criada por receber entregadores no vestíbulo:

— Para que existe a entrada de serviço, criatura?

Ele se encolheu todo, recebeu o cabide, saiu.

Com o tempo, mudou de bairro, de tinturaria; mas nunca esqueceu aquela casa, aquela madame que avançava escada abaixo, o pé metido em sandália de arminho, e aquela sala — nem nunca esqueceu, principalmente, o grande piano de cauda. A seus olhos o piano de cauda ficou sendo o símbolo do triunfo, da riqueza e da fidalguia.

Na terceira tinturaria em que se empregou — essa aliás já no novo bairro de Copacabana, afinal progrediu. Da bicicleta passou ao balcão, do balcão à caixa; foi sucessivamente interessado, sócio, e, por fim, quando o antigo patrão embarcou para a Europa, ficou sendo ele próprio o patrão único.

Enriqueceu. Alugou casa de dois pavimentos; teve automóvel. Afinal construiu um palacete, estilo *tutti frutti*, com terraços suspensos, biqueiras de telha colonial, colunas barrigudas, portas imensas que são uma renda de ferro dourado, bancos de azulejo, piso de mármore na varanda e no hall. Lá dentro do salão, que já não se chama assim, chama-se *living*, há todos os esplendores de luxo: estatuetas de bronze, vasos de opaline, lustres de cristal, sofás de veludo, poltronas de cetim. O piso marchetado se esconde debaixo de uma quantidade de tapetes, uns claros, de desenho moderno, outros persas, com complicados arabescos, e as paredes vergam ao peso dos quadros, paisagens de mar e nus artísticos em pesadas molduras. E no fundo, como um rei no seu trono, ergue-se no estrado atapetado o piano de cauda, lustroso, imponente como um elefante sagrado, ornado de seda e flores. Não é o mesmo de Botafogo, mas evidentemente é seu parente próximo. Tem a mesma majestade, o mesmo verniz cintilante, a mesma impressionadora elegância. Em casa não existe quem nele toque, quem bata uma escala sequer: naquele palacete onde há em abundância o necessário e o supérfluo, jamais entrou um caderno de música. O piano continua virgem como veio da loja. Aliás pareceria talvez um sacrilégio ao proprietário se alguém se atrevesse a meter as mãos nas teclas de marfim do seu piano. Não é ele um objeto de entretenimento, não é um piano para se tocar; tem função específica bem diversa, que talvez só se pudesse exprimir corretamente dizendo que ele é o Boi Ápis daquela casa.

Nas tardes de domingo, depois do ajantarado e da sesta, é a hora em que nosso amigo dedica a saborear com largueza a sua felicidade.

O *living* abre diretamente para a varanda de frente. O dono da casa ocupa um dos sofás de pelúcia, com as portas de ferro escancaradas como sempre, porque não é homem de esconder-se a si, nem de esconder o que é seu; vive às claras, não tem complexos nem segredos. Traz no corpo um belo pijama de seda clara, põe os pés nus sobre uma banqueta estofada. Na mesinha de tampo de espelho, bem ao alcance da mão, tem uma garrafa de cerveja gelada. Ouve no rádio — que tem a forma de um santuário gótico — os lances do Fla-Flu; mas só escuta o jogo com vaga atenção, porque o melhor do seu tempo dedica-o a contemplar o piano, com olhos que não se fartam — a expressão do seu triunfo, o símbolo da luta vencida. Não precisa mais de céu quando morrer — o céu para ele é aquilo.

E as gentes que passam no bonde e que lhe demoram à porta durante a parada, no poste bem defronte, têm a impressão de que a aura beatífica, um halo que não é apenas a fumaça do charuto, rodeia aquele homem gordo de pijama verde-alface, que entrefecha os olhos e leva aos lábios o copo de cerveja preta, e parece brindar a um deus presente, numa libação ritual.

*(05-07-1947)*

## Conversa de passarinho

Estou na minha janela, apreciando a manhã de sol depois de quatro dias de chuva — chuva sem parar. Parece até que São Pedro teve pena da gente chorando miséria no racionamento e resolveu encher de uma vez todas as represas da Light até não haver mais reclamação.

Da janela contemplo uma das minhas mangueiras, porque em matéria de mangueira sou pessoa suficientemente abastada. A conta vai quase a vinte, incluindo carlotinhas, manga-espada, uma melífera de enxerto que me mandou de Tremembé a minha amiga Gulnara; a essa eu chamo de Iracema, porque o favo da jati não é mais doce. Porém a mangueira a que me refiro agora é um pé de manga-rainha, conforme chamam na minha terra. Aqui não sei que nome terá. E no galho mais fino e mais banhado de sol da mangueira-rainha, um passarinho encarnado pousou. Coisa mais bela que ande ou voe jamais nossos olhos viram. O nome dele é tiê-sangue, todo vermelho como um rubim emplumado, como um rubim voador. A luz dava nele e tirava faíscas, mas faíscas vermelhas, faíscas de tiê-sangue, tão diferentes de tudo, que não é possível fazer comparação para explicar.

Falei que pousou, mas não foi bem pousar; balançou-se, elegante e vaidoso — há uma palavra para exprimir a sua atitude, contudo não a recordo agora. Palavra muito de uso do dr. Macedinho nos seus romances. Seria mimoso? Não, mimoso não era. Já sei: é faceiro. Pois balançou-se faceiro, girou a cabecinha para a esquerda e a direita, tão engraçadinho, tão miúdo e reluzente vestido de cor de sangue, tão mimoso, sim a ele também assenta muito o mimoso. Dava vontade de agarrar, apertar no peito da gente, ficar lhe sentindo o bater do coraçãozinho de encontro à palma da mão. Dava vontade de o pôr na cabeça, como um diadema, dava vontade até de matar, de acabar com ele, porque tanta beleza demais produz uma espécie de aflição.

Curioso é que ele ficou no galho um tempo bastante grande para ave tão inquieta e tenho a impressão de que cantou. Mas tão embebida ficara eu na contemplação daquela sua lindeza de porte e pluma que não reparei de modo nenhum na cantiga que cantava. Quem sabe gorgeava como um canário? Assim de repente não posso dizer. Meditando no assunto acho que ele solta um grito que soa tiê! tiê! tiê! Daí é que lhe deve ter vindo o nome. Uma vez que tiê não quer dizer nada, há de ser onomatopaico. (Ai, que palavra horrorosa, mestre Aurélio Buarque de Holanda! Vou olhar no seu dicionário para ver se encontro coisa melhor, e as alternativas que o livrinho me oferece são onomatopeico ou onomatópico. Veja só! É favor me arranjar outra. As suas estão definitivamente riscadas do meu vocabulário. Não admito onomatopaico de maneira nenhuma. É inventar outra e mandar depressa — senão como poderei explicar o nome do tiê-sangue?)

Mas lá estava ele de leve pousado, suavemente se embalando no galho da mangueira. Donairoso, evidentemente namorado de si mesmo, rufou as penas do peito, dançou como um trapezista e lançou para o ar o seu grito de chamada — que agora, reconstituindo a cena com todas as minúcias esquecidas, posso afirmar que era mesmo tiê! tiê! Porém no meio do canto parou, viu uma parasita em flor pregada mais abaixo num galho grosso da árvore, chegou bem perto, olhou com desconfiança a orquídea cor de lagarto, tentou cheirá-la, parece que não gostou, afastou-se com desdém, mudou-se do galho de mangueira para um cajueiro muito mirradinho que a sombra do pé de jaca está acabando de matar, viu que não havia flor nenhuma por perto, nem fruta madura, nem borboleta multicor, proclamou-se em altas vozes o passarinho mais belíssimo do mundo; do cajueiro pulou no chão, mariscou uma sementinha ou um inseto (de longe não pude ver), depois girou de novo a cabecinha, mirou bem o ar azul que rutilava sem uma nuvem, abandonou o bichinho ou semente que mariscava, abriu as asas, estirou os pezinhos, afundou de céu acima feito uma bala de fogo encarnado, e depressa se sumiu nos ares, como se o azul frio do céu lhe apagasse a cor de chama.

*(27-04-1950)*

## Um ano de menos

Ora, graças a Deus, lá se foi mais um. Um ano, quero dizer. Menos um na conta, mais uma prestação paga. E tem quem fique melancólico. Tem quem deteste ver à porta a cara do mascate em cada primeiro do mês, cobrando o vencido. Quando compram fiado, têm a sensação de que o homem deu de presente, e se esquecem das prestações, que será cada uma, uma facada. Nem se lembram dessa outra prestação que se paga a toda hora, tabela Price insaciável comendo juros de vida, todo dia um pouquinho mais; um cabelo que fica branco, mais um milímetro de pelo que enruga, uma camada infinitesimal acrescentada à artéria que endurece, um pouco mais de fadiga no coração que também é carne e se cansa com aquele bater sem folga. E o olho que enxerga menos, e o dente que caria e trata de abrir lugar primeiro para o pivô, depois para a dentadura completa.

O engraçado é que muito poucos reconhecem isso. Convencem-se de que a morte chega de repente, que não houve desgaste preparatório, e nos apanha em plena flor da juventude, ou em plena frutificação da maturidade; se imaginam uma rosa que foi colhida em plena beleza desabrochada. Mas a rosa, se a não apanha o jardineiro, que será ela no dia seguinte, após o mormaço do sol e a friagem do sereno? A hora da colheita não interessa – de qualquer modo, o destino dela era murchar, perder as pétalas, secar, sumir-se.

A gente, porém, não pode pensar muito nestas coisas. Tem que pensar em alegrias, sugestionar-se, sugestionar os outros. Vamos dar festas, vamos aguardar o Ano Novo com esperanças e risadas e beijos congratulatórios. Desejar uns aos outros saúde, riqueza e venturas. Fazer de conta que não se sabe; sim como se a gente nem desconfiasse. Tudo que nos espera para 1952: dentro do corpo o que vai sangrar, doer, inflamar, envelhecer. As cólicas de fígado, as dores de cabeça, as azias, os reumatismos, as gripes com febre, quem sabe o tifo, o atropelamento. Tudo escondido, esperando. Sem falar nos que vão ficar tuberculosos, nas mulheres que vão fazer cesariana. Os que vão perder o emprego, os que se verão doidos com as dívidas, os que hão de esperar nas filas — que seremos quase todos. E os que, não morrendo, hão de ver a morte lhes entrando de casa adentro, carregando o filho, pai, amor, amizade. As missas de sétimo dia, as cartas de rompimento, os bilhetes de despedida. E até guerra, quem sabe? Desgostos, desgostos de toda espécie. Qual de nós passa um dia, dois dias, sem um desgosto? Quanto mais um ano.

Claro que também sucedem alegrias. Um filho nasce perfeito, um livro aparece bem, um amor começa, um dinheiro cai do céu, faz-se uma viagem à Europa. Mas são alegrias misturadas, como o pão que comemos. O menino novo sempre adoece, ou sofre de insônias, ou não tem apetite, ou é de mau gênio. O livro suscita crítica e invejosos, além dos que sinceramente não gostam. O amante pode ser ciumento, ou pobre, ou volúvel, ou casado com outra. E o dinheiro é como o diabo, não anda sozinho, tem sempre rabo e chifres. Até a viagem — vá lá e depois diga. Enquanto as tristezas, muitas delas chegam a ser quimicamente puras, sem um risco sequer de alegria, totais, cristalinas — só tristeza mesmo, desgosto em quintessência, droga de vida, sem nada, nada de nada, para aliviar.

★★★

Consolo? Tem um, excelente. Como passou o 51, também há de passar o 52. E passarão também todos os que estão na nossa conta, felizmente curta. Alguns podem nos parecer excessivamente longos, maiores que os vizinhos, mas será ilusão dos sentidos. Dizem os astrônomos e matemáticos que os anos são todos do mesmo tamanho, exatissimamente, sem diferença de um minuto. Como o metro linear, obedecem a uma convenção internacional.

E já que a coisa única que resta é beber à saúde do ano novo e fazer votos, bebamos e façamos os nossos votos, e cada um peça aos deuses ou aos santos aquilo de que mais se sente carecido.

Eu, de mim, confesso que não me atrevo a pedir venturas nem prosperidades. Peço apenas uma coisa: paciência.

*(29-12-1951)*

# Trânsito

Ou tráfego? Nunca sei direito se o problema é de trânsito ou de tráfego, ou ambos. Mas seja qual for é horrível. Ainda outro dia, vinha a gente de Teresópolis, direitinho na nossa mão, e eis que, de repente, se não nos achatamos de encontro a um enorme caminhão, foi naturalmente porque o anjo da guarda se meteu pelo meio. É que numa daquelas curvas fechadas da serra o motorista do mastodonte vinha majestosamente na contramão, sem motivo nenhum, à toa, porque preferia. E às nossas exclamações enfurecidas, o facínora botou na janela a cara inchada, o olho vermelho de bêbedo, fez um gesto de enfado e continuou a subida, sempre na contramão.

★★★

Casos como esse acontecem de minuto a minuto em todas as estradas do Brasil. E nem em todos o anjo da guarda tem tempo para intervir. Evitá-los não é apenas uma questão de policiamento, pois nesse caso seria preciso pôr um guarda a cada quilômetro de estrada, ou menos, o que evidentemente é impossível. Creio que a única solução, embora de longo prazo, é promover uma campanha de educação de motoristas, ao mesmo tempo que se tornassem mais severas as exigências na hora de se fornecerem as carteiras de habilitação.

★★★

Sim, porque os grandes males dos motoristas no Brasil são dois: o analfabetismo e o alcoolismo. Chofer analfabeto como é que se pode capacitar da importância, da gravidade das convenções que determinam as regras do trânsito nas estradas? A única lei que ele conhece é a lei do jângal, o feroz individualismo de quem ignora o direito dos outros. Pois a aceitação das regras que permitem o convívio pacífico dos homens em sociedade é, principalmente, um problema de cultura. Trocando em miúdos: só se devia dar carteira de motorista ao indivíduo capaz de ler, compreender e cumprir as convenções básicas do trânsito — mão e contramão, ultrapassagem em curvas, luz baixa, luz alta, buzina, via preferencial, etc. — regras tão simples, mas que a grande maioria dos motoristas que andam por aí ignora, ou das quais só tem uma noção muito vaga. Quem viaja como eu tenho viajado por essas estradas do interior do Brasil, entende bem o que estou falando. São estradas estreitas, perigosas, escalando serras alcantiladas, mas onde o maior inimigo que o motorista encontra não é a ladeira, a via estreita, a derrapagem, o atoleiro, e sim o próprio motorista seu colega. Que corre quando lhe dá na veneta, que só anda pelo espinhaço da estrada para poupar o pneu, que dá curva sem pensar na mão porque é mais fácil cortar a curva, e encurta caminho.

Mas não basta exigir do candidato à carteira um conhecimento regular do código do trânsito — resta ainda o problema do alcoolismo. Teria que haver punição grave, irreversível, para chofer apanhado bêbedo na direção de um carro. Ah, o alcoolismo contumaz desses criminosos do volante. Não sei se é a monotonia do trabalho, se é o frio da madrugada nas estradas, se é o convite irresistível dos milhares de botecos postos de alcateia à beira do caminho, mas se um comando médico fizesse um circuito de inspeção, verificando a dosagem de álcool no sangue dos motoristas que encontrasse pelas nossas rodovias, chegaria a constatações assombrosas.

★★★

Noventa por cento dos acidentes de automóvel têm uma causa única: irresponsabilidade do motorista. E — esta a minha tese — essa irresponsabilidade é filha principalmente da ignorância ou do alcoolismo — ou das duas coisas juntas.

Creio também que outra medida capaz de diminuir a cota assustadora de acidentes em nossas ruas e estradas seria a lei penal encarar com severidade maior a punição dos responsáveis por atropelamentos que ferem ou matam alguém. Quando o motorista é culpado num acidente, deveria responder pela morte ou ferimento como um criminoso comum, como qualquer outro assassino. E se considerar circunstância agravante o hábito tão generalizado da fuga do atropelador — hábito esse que se deve às incompreensíveis disposições sobre o flagrante que constam da nossa legislação.

★★★

Nos últimos dias de dezembro de 1960 um desastre horrível abalou a cidade do Rio: um ônibus cheio de gente resolveu atravessar indevidamente a linha do trem na avenida Brasil, — embora estivesse o sinal fechado, luz vermelha e a campainha de aviso tocando! — Foi apanhado pela composição, é claro, morreram cerca de dez, ficaram feridas algumas dezenas de pessoas. O motorista — que por sinal fugiu — diz-se que estava alcoolizado. Ainda não o encontraram. E quando o encontrarem que se fará? Tomam-lhe a carteira, talvez o processem. Que se faria contra um tarado que matasse dezenas de pessoas por pura maldade e irresponsabilidade? Trinta anos de cadeia seria pouco, na boca de todo mundo. Mas esse — só porque matou com roda, em vez de matar com punhal ou tiro, se pegar três anos já será um espanto.

★★★

Falta falar nos meninos ricos com delírio de velocidade que fazem das rodovias pista de corrida. Mas esses, piores que os ignorantes, pois sabem ler e escrever, ficam para outro dia, que o assunto é grande.

*(21-01-1961)*

# Novo & velho

O jornal era atrasado de alguns dias. Mas vocês já repararam que as manchetes do mês passado servem perfeitamente para as manchetes do mês em curso? Basta mudar alguns dos nomes próprios, deslocar ligeiramente o eixo dos problemas. O resto, vindo do editorial e passando pelos sueltos até chegar aos anúncios das famílias americanas que se retiram do país, é tudo imutável; sendo que nas famílias americanas até o endereço é igual...

Na página dos cronistas um moço escritor, ao qual não faltam o talento e a graça, ocupava-se em demolir a chamada geração de 22, mostrando-se particularmente feroz contra o grande Mário, fabuloso irmão mais velho que a nossa geração tanto ouviu e amou.

E dá na gente uma espécie de melancolia. Não por causa de Mário, propriamente, que ele era bom de briga e, mesmo depois de morto, não serão essas escaramuças capazes de lhe tirar substância. Antes se considere um sinal de força viva, porem-se a pelejar com ele os mais brilhantes da nova geração, depois de passados quase vinte anos que o meteram debaixo da terra. A melancolia está em se ver quanto é monótono o ciclo da vida, quer se trate do simplesmente biológico, como do político, como do literário ou artístico. Tudo se repete miudamente, não apenas as quatro estações. Feito a floração dos ipês — anos atrás de anos a mesma cor, o mesmo cheiro, a mesma curta vida. Ou as ressacas na Guanabara, os cardumes de sardinhas, o asfalto que se derrete aos calores do verão. Ano atrás de ano, ano atrás de ano.

Aquelas veemências, quem não as ouviu de voz ou não as viu de letra, geração após geração? Modernistas contra os Bilaques, naturalistas contra românticos, demolidores Josés de Alencares contra os gramáticos nos seus Castilhos, nativistas contra os árcades, e andando assim para trás em cadeia sem fim?

E, tal como os ataques dos jovens, repete-se também a reação dos superados, cuja veemência não é menor. Velhote nenhum consegue vencer direito a tendência para ficar danado contra a irreverência, cuíca o sacrilégio. E atire a primeira pedra o que, dentre nós, hoje em dia, for capaz de zombar como zombava outrora do maranhense Coelho Neto a bater no peito e a clamar da tribuna acadêmica que era o último heleno!

É em tudo; as gracinhas do meu neto são a reprodução taquigráfica das gracinhas do neto de meu avô; como o jumentinho que escaramuça no pátio não se distingue dos jumentinhos da nossa infância, bisavós dos atuais.

E na política, então. Que faz este presidente que os outros não tenham feito antes? O ministro que proíbe o rádio podia ser o mesmo que fechava jornais durante a Regência, os soldados inquietos de agora já se inquietavam assim no tempo do vice-rei.

O pior é que dentro embora do tédio da repetição, tem-se que decidir qual a atitude certa. Demitir-se, renunciar, ir bocejar de fora? Ou aceitar como coisa nova, urgente, inédita a fase do ciclo que nos cabe?

Como consolo, poderemos talvez imaginar que somos intérpretes sucessivos de um clássico que, por repetido, não perde a sua grandeza. O diálogo shakespeariano não desmerece porque o vêm decorando quarenta gerações de comediantes. Ao contrário, se há quatrocentos anos se representa o Hamlet, um Olivier de hoje em dia sente muito maior a sua responsabilidade: precisa superar aquela vasta linhagem de intérpretes que o precedeu a viver no palco as desventuras do príncipe da Dinamarca. A ancianidade da peça só lhe aumenta o prestígio, como pátina preciosa.

Assim, conclui-se que a nossa obrigação, afinal, será a de recitar cada um à sua ponta o melhor que possa, tentando pelo menos não lhe dar interpretação por demais pífia, que envergonhe os colegas do passado ou que rebaixe os padrões para o futuro.

Cada um no seu lugar, os moços fazendo força para derrubar os velhos do alto do coqueiro, os velhos se agarrando lá em cima o mais que possam; e, chegando a infalível hora da queda, procurando ao menos trazer consigo o seu coco.

Ruim é quando os papéis se confundem; quando os velhos inventam se mascarar de novos, e são os que fazem mais alarido e mais cutucam os que subiram; ou quando os moços se acoelham e se acomodam, pensando que toda hora é hora de tomar a benção. Diz a lei que, em terreiro de frango, galo velho só canta se tiver clarim tão forte que abafe o dos galos novos.

*(03-08-1963)*

# Cronologia de Rachel de Queiroz

Cláudio Neves
*Professor e escritor*

**1910**

Rachel de Queiroz nasce em Fortaleza (CE), em 17 de novembro, filha de Daniel de Queiroz e de Clotilde Franklin de Queiroz.

**1917**

Vai, com a família, para o Rio de Janeiro e dali para Belém do Pará, onde morará por dois anos.

**1919**

Regressa a Fortaleza. Matricula-se, em 1921, no Colégio da Imaculada Conceição, onde diploma-se, em 1925, no Curso Normal.

**1927**

Inicia-se no jornalismo, sob o pseudônimo de Rita de Queiroz, como redatora de *O Ceará*.

**1930**

Estreia na literatura com a publicação *O quinze*. O romance, de forte cunho social, é um marcante relato realista da histórica seca de 1915, uma das mais devastadoras do século

XX. A então jovem autora recebe o aplauso de nomes importantes como Augusto Frederico Schmidt, Graça Aranha e Agripino Grieco. A obra vence o Prêmio da Fundação Graça Aranha.

**1932**

Lança seu segundo romance, *João Miguel*, em que aborda o sofrimento do personagem título, encarcerado na prisão de uma pequena cidade rural.

**1937**

Publica *Caminho das Pedras*. Considerado seu romance mais engajado politicamente, narra o amor entre Roberto e Noemi, ambos envolvidos na luta operária. "Uma história onde há fome, trabalho excessivo, perseguições, cadeia, injustiças de toda espécie", conforme assinalou à época Graciliano Ramos.

**1939**

Passa a residir no Rio de Janeiro. Publica *As três Marias*, que recebe o Prêmio da Sociedade Felipe de Oliveira. O enredo acompanha a vida de Maria Augusta, Maria da Glória e Maria José, da infância no colégio de freira até a idade adulta.

**1950**

Sai em folhetim, na revista *O Cruzeiro*, *O galo de ouro*, romance que faz a crônica da baixa sociedade do Rio de

Janeiro, com sua galeria de tipos sociais (como policiais e bicheiros), sua desigualdade social e seus preconceitos, entrevistos a partir da realidade da personagem Mariano.

**1953**

Publica a peça de teatro *Lampião*.

**1958**

Publica a peça *A beata Maria do Egito*, com a qual vence o Prêmio do Instituto Nacional do Livro.

**1966**

Participa da 21.ª Sessão da Assembleia Geral da ONU, como delegada do Brasil, trabalhando em especial na Comissão dos Direitos do Homem.

**1967**

Torna-se membro do recém-fundado Conselho Federal de Cultura, onde permanecerá até a extinção do órgão, em 1989.

**1975**

Publica *Dôra Doralina*, que marca o retorno da autora ao romance, 25 anos após *O galo de ouro*. Tematizando a emancipação feminina, a narrativa conta a trajetória de Dôra, que se liberta de um casamento sem amor e da sombra da mãe para tornar-se atriz.

**1977**

Torna-se a primeira mulher a ingressar na Academia Brasileira de Letras, assumindo a cadeira 5. Toma posse em 4 de novembro.

**1980**

É contemplada com o Prêmio Nacional de Literatura de Brasília pelo conjunto de sua obra.

**1981**

A Universidade Federal do Ceará lhe concede o título de *doutor honoris causa*.

**1985**

É galardoada com a Medalha da Ordem do Rio Branco, do Itamarati.

**1986**

Recebe a Medalha do Mérito Militar no grau de Comendadora.

**1989**

Recebe a Medalha da Inconfidência do Governo de Minas Gerais.

**1992**

Publica *Memorial de Maria Moura*, após um hiato de 17 anos longe do romance, voltando ao tema da mulher nordestina que luta contra sua condição social e de gênero. O livro vence o Prêmio Jabuti de Ficção, em 1993, e é adaptado como minissérie na TV Globo em 1994.

**1993**

É a primeira mulher a receber o Prêmio Camões, outorgado pelos governos de Brasil e Portugal e o mais importante da Literatura em língua portuguesa.

**2000**

A Universidade Estadual do Rio de Janeiro lhe concede o título de *doutor honoris causa*.

**2003**

Morre no Rio de Janeiro, em 4 de novembro, devido a complicações cardíacas, e é enterrada no Cemitério São João Batista.

Direção editorial
*Daniele Cajueiro*

Editora responsável
*Janaína Senna*

Produção editorial
*Adriana Torres*
*Laiane Flores*
*Juliana Borel*

Revisão
*Anna Beatriz Seilhe*
*Fernanda Lutfi*
*Mariana Lucena*

Capa
*Rafael Nobre*

Diagramação
*Douglas Kenji Watanabe*

Este livro foi impresso em 2025, pela Vozes,
para a Nova Fronteira.
O papel do miolo é Avena 70g/m$^2$
e o da capa é cartão 250g/m$^2$.